O SANTO INQUÉRITO

Sobre o autor

Alfredo de Freitas Dias Gomes, mais conhecido como Dias Gomes, foi romancista, contista e teatrólogo. Nasceu em Salvador, em 19 de outubro de 1922. Escreveu seu primeiro conto, "As Aventuras de Rompe-Rasga", aos 10 anos, e, aos 15, sua primeira peça, *A Comédia dos Moralistas*, vencedora do concurso promovido pelo Serviço Nacional de Teatro e pela União Nacional dos Estudantes (UNE). Várias de suas obras foram censuradas durante a ditadura por apresentarem forte conteúdo político. Entre as mais conhecidas, estão *O Bem-Amado*, *O Pagador de Promessas* e *O Berço do Herói* (adaptada para a televisão como *Roque Santeiro*).

A peça *O Santo Inquérito*, escrita em 1964, teve sua estreia em 1966, no Rio de Janeiro, com direção de Ziembinski e Eva Wilma no papel de Branca Dias. Em 1976, foi encenada no Teatro Tereza Rachel, também no Rio de Janeiro, com Isabel Ribeiro e, posteriormente, Dina Sfat, sob a direção de Flávio Rangel. Sua estreia em São Paulo se deu em 1977, no Teatro Anchieta, com direção de Flávio Rangel e Regina Duarte como Branca Dias. Em 1979, foi apresentada na televisão pelo programa "Aplauso", da TV Globo, com adaptação de Antonio Mercado.

O Santo Inquérito é um de seus maiores sucessos de crítica e público, nacional e internacionalmente. No conjunto da dramaturgia de Dias Gomes, é considerada pelo historiador Nelson Werneck Sodré como "a mais séria e profunda de suas peças".

Dias Gomes foi eleito para a Cadeira 21 da Academia Brasileira de Letras em 1991. Faleceu em 1999, em São Paulo, aos 76 anos.

DIAS GOMES

O SANTO INQUÉRITO

40ª edição

Rio de Janeiro | 2025

Copyright © 1964 *by* Dias Gomes

Capa: Oporto design

Ilustração de capa: Alexandre Venancio

Editoração eletrônica: Imagem Virtual Editoração Ltda.

Texto revisado segundo o novo
Acordo Ortográfico da Língua Portuguesa

2025
Impresso no Brasil
Printed in Brazil

CIP-Brasil. Catalogação na fonte
Sindicato Nacional dos Editores de Livros, RJ.

G613s 40ª ed.	Gomes, Dias, 1922-1999 O santo inquérito / Dias Gomes. - [40ª ed.] - Rio de Janeiro: Bertrand Brasil, 2025. 126 p.; 23 cm.
	ISBN 978-85-286-1485-5
	1. Teatro brasileiro (Literatura). I. Título.
14-13821	CDD — 869.92 CDU — 821.134.3(81)-2

Todos os direitos reservados. Não é permitida a reprodução total ou parcial desta obra, por quaisquer meios, sem a prévia autorização por escrito da Editora.

Direitos exclusivos de publicação adquiridos pela:
EDITORA BERTRAND BRASIL LTDA.
Rua Argentina, 171 – 3º andar – São Cristóvão
20921-380 – Rio de Janeiro – RJ
Tel.: (21) 2585-2000

Atendimento e venda direta ao leitor:
sac@record.com.br

Sumário

Prefácio 7

Nota do Autor 15

O Que Sabemos e o Que Pensamos dos Personagens 17

Texto da Peça 27

Prefácio

Lembro-me perfeitamente da profunda emoção e surpresa que senti ao assistir, em 1960, no TBC paulista, a *O Pagador de Promessas*. É verdade que estávamos, então, numa época em que a dramaturgia brasileira fervilhava, e que novos textos nacionais de boa categoria não constituíam raridade. Mas, com exceção de alguns nomes já consagrados e que continuavam na ordem do dia — Jorge Andrade, Francisco Pereira da Silva, Ariano Suassuna —, essa dinâmica e súbita explosão da nossa literatura dramática se achava amplamente dominada pela jovem geração ligada ao Teatro de Arena: Guarnieri, Boal, Oduvaldo Vianna Filho. Ninguém podia esperar, em sã consciência, uma contribuição reveladora por parte de Dias Gomes, um escritor que não foi muito bem-sucedido em suas três ou quatro experiências anteriores e que parecia ter desistido da carreira teatral, pois passou a se dedicar ativamente — e aparentemente sem maiores ambições — ao rádio e à televisão; e esta circunstância — além, evidentemente, da densidade intrínseca de *O Pagador de Promessas* — contribuiu muito, com certeza, para a nossa emoção, quando a voz do dramaturgo Dias Gomes se fez ouvir de repente com um tão inesperado e irresistível vigor.

Desde essa sua tardia revelação, o escritor baiano percorreu um considerável e respeitabilíssimo caminho dentro do teatro e da cultura brasileiros, como se quisesse recuperar o tempo perdido até então. *O Pagador de Promessas* carregou a sua cruz não só em dezenas e dezenas de palcos nacionais, como também em inúmeros teatros fora das nossas fronteiras, desde Nova Iorque até Varsóvia. Transformado em filme, *O Pagador de Promessas* trouxe ao cinema brasileiro a sua maior consagração e promoção internacionais. O TBC de São Paulo, depois do triunfo de *O Pagador de Promessas*, montou *A Revolução dos Beatos*. No Rio, uma bela montagem de *A Invasão* proporcionou à companhia do Teatro do Rio uma série de prêmios, antes da bem-sucedida encenação do mesmo texto no Uruguai. *O Berço do Herói* foi vítima da violência da nossa censura teatral, tendo a sua apresentação sido proibida poucas horas antes da estreia. Dias Gomes voltou então com *O Santo Inquérito*, completando, quer me parecer, um ciclo, ou seja, retornando àquilo que havia de melhor em *O Pagador*.

Segui com invariável interesse a evolução de Dias Gomes através de *A Revolução dos Beatos, A Invasão, O Berço do Herói*. Como crítico, não pude deixar de constatar certas ingenuidades que pareciam prejudicar, sob determinados aspectos, estas obras, dando a impressão de que o autor, na ânsia de transmitir ao público o seu indignado protesto contra toda espécie de injustiças e opressões de que o povo brasileiro tem sido vítima através dos tempos, carregava às vezes demais nas tintas, sem ter a paciência de vigiar as suas palavras, preferindo o efeito do choque direto e óbvio ao efeito — provavelmente mais eficaz no teatro — do choque-sugestão. Mas nem por isso deixei de acompanhar com o máximo respeito a constante pesquisa que estas peças refletem no sentido da procura de uma forma teatral capaz de projetar, com a maior eficiência, a sinceridade das preocupações sociais do autor. Confesso, porém, que em nenhuma destas obras — e independentemente do mérito de cada uma delas — encontrei aquilo que mais me impressionara em *O Pagador*: um grande, comovente, antológico personagem de teatro. Reencontro agora, em Branca Dias de *O Santo Inquérito*, um personagem à altura da dimensão humana de Zé do Burro, e colocado numa situação de conflito bastante semelhante, sob alguns aspectos.

Zé do Burro e Branca Dias: dois seres puros em luta contra uma impiedosa conspiração que não admite a pureza, que se aproveita dela, e que acaba por destruí-la. E assim como em *O Pagador de Promessas*, a grande arma usada contra a heroína de *O Santo Inquérito* é a sistemática e coerente exploração das palavras e dos atos dos protagonistas para a formação de conceitos inteiramente diferentes, na sua essência, das autênticas intenções destes personagens.

A grande tragédia da incomunicabilidade humana, que alimentou e alimenta ainda uma considerável parte do teatro moderno, encontra, portanto, nessas obras de Dias Gomes uma expressão particularmente cruel e patética — porque particularmente singela. Dias Gomes não precisa recorrer ao hermetismo do chamado teatro do absurdo, nem aos elaborados exercícios intelectuais de um Pirandello, para mostrar que a capacidade de comunicação dos homens entre si é muito relativa e que a linguagem, em vez de ser um elo entre os homens, pode se transformar numa terrível fonte de mal-entendidos e de destruição. Tanto Branca como Zé do Burro esforçam-se ao máximo para convencer os seus antagonistas da boa-fé das suas intenções, mas cada tentativa neste sentido não faz senão fortalecer ainda mais o muro contra o qual eles esbarram:

"BRANCA: *Tudo isso que estou dizendo é na esperança de que vocês entendam... Porque eles, eles não entendem... nem eu também os entendo. Vão dizer que sou uma herege e que estou possuída pelo Demônio. E isso não é verdade! Não acreditem! (...) Não sei... não sei o que eles pretendem. Já não entendo mesmo o que eles falam. Parece que as palavras estão mudando de significado. Ou talvez Deus não me tenha dado muita inteligência..."*

"ZÉ DO BURRO: *Não sei, Rosa, não sei... Há duas horas que tento compreender... mas estou tonto, tonto como se tivesse levado um coice no meio da testa. Já não entendo nada... parece que me viraram pelo avesso e estou vendo as coisas ao contrário do que elas são. O céu no lugar do inferno... o Demônio no lugar dos santos..."*

Branca e Zé do Burro saem fatalmente derrotados, mas, ao mesmo tempo, também vitoriosos desta luta desigual. Derrotados, porque a fidelidade aos princípios morais que regem os seus atos tem que ser paga com o sacrifício das suas vidas. Vitoriosos, porque a proximidade desse sacrifício lhes permite a descoberta de valores mais altos, aos quais eles até então não tinham tido acesso, e que dão um sentido consciente e coerente à sua existência.

"BRANCA: *Há um mínimo de dignidade que o homem não pode negociar, nem mesmo em troca de liberdade. Nem mesmo em troca do sol.*"

"ZÉ DO BURRO: *Não... mesmo que Santa Bárbara me abandone... eu preciso ir até o fim... ainda que já não seja por ela... que seja só pra ficar em paz comigo mesmo.*"

Além desta trágica e obstinada luta contra um esmagador poder deturpador de valores, Zé do Burro e Branca têm em comum o seu admirável, simples e modesto humanismo. Ambos são cheios de vida, ambos têm uma espécie de solidez que lhes vem do íntimo trato diário com a terra e a natureza, e ambos não pedem outra coisa senão viver com simplicidade, de acordo com os seus princípios, e cumprindo conscienciosamente a modesta e despretensiosa missão que acreditam ter recebido para cumprir na terra:

"BRANCA: *Mas eu não quero ser santa. Minhas pretensões são bem mais modestas. Não é pela ambição que o Capeta há de me pegar. Quero viver uma vida comum, como a de todas as mulheres. Casar com o homem que amo e dar a ele todos os filhos que puder.*"

"ZÉ DO BURRO: *Que pretendo? Voltar pra minha roça, em paz com a minha consciência e quite com a santa. Só isso... (...) Os senhores devem estar enganados. Devem estar me confundindo com outra pessoa. Sou um homem pacato, vim só pagar uma promessa que fiz a Santa Bárbara.*"

A capacidade de ternura que Zé e Branca possuem se manifesta, com extrema clareza, na comovente amizade que ambos dedicam aos bichos:

"BRANCA: *Sabe as coisas que mais me divertem? Ler estórias e acompanhar procissão de formigas. Sério. Tanto nos livros como nas formigas a gente descobre o mundo. Quando eu era menina, conhecia todos os formigueiros do engenho. O capataz botava veneno na boca dos buracos e eu saía de noite, de panela em panela, limpando tudo. Depois ia dormir satisfeita por ter salvo milhares de vidas.*"

"ZÉ DO BURRO: *Nicolau não é um burro como os outros. É um burro com alma de gente. E faz isso por amizade, por dedicação. Eu nunca monto nele, prefiro andar a pé ou a cavalo. Mas de um modo ou de outro, ele vem atrás. Se eu entrar numa casa e me demorar duas horas, duas horas ele espera por mim, plantado na porta. Um burro desses, seu Padre, não vale uma promessa?*"

Em Branca Dias — mais do que em Zé do Burro, e mais talvez do que em qualquer outro personagem da dramaturgia nacional — a alegria de viver, a sensibilidade a tudo aquilo que a vida pode oferecer de bom e a gratidão que ela sabe mostrar a Deus por lhe ter feito o dom de tantas e tão variadas riquezas se manifestam através de acenos cuja expressão lírica chega, em certos momentos, a nos lembrar de uma famosa irmã francesa de Branca: a doce Violaine de *L'Annonce Faite à Marie*, de Claudel:

"BRANCA: *O mais importante é que eu sinto a presença de Deus em todas as coisas que me dão prazer. No vento que me fustiga os cabelos quando ando a cavalo, na água do rio que me acaricia o corpo quando vou me banhar. No corpo de Augusto, quando roça no meu, como sem querer. Ou num bom prato de carne-seca, bem apimentada, com muita farofa, desses que fazem a gente chorar de gosto. Pois Deus está em tudo isso. E amar a Deus é amar as coisas que Ele fez para o nosso prazer.*"

"VIOLAINE: *Pardonnez-moi que je suis hereuse! parce que
celui que j'aime
M'aime, et je suis sûre de lui, et je sais qu'il m'aime et tout
est égal entre nous!
Et parce que Dieu m'a faite pour être hereuse et non point
pour le mal et aucune peine.*"

Um paralelo entre Dias Gomes e o maior dramaturgo católico do nosso século pode, evidentemente, parecer surpreendente, mas, se examinarmos atentamente *O Pagador de Promessas* e *O Santo Inquérito*, este paralelo perderá o seu aspecto de paradoxo. Mesmo no aparente e violento anticlericalismo de Dias Gomes podemos sentir nitidamente uma nostalgia — provavelmente inconsciente — de uma Igreja mais justa e humana, menos presa a valores puramente formais e mais voltada para os valores essenciais: uma Igreja à imagem da sociedade com a qual Dias Gomes sonha e pela qual combate. E os ideais representados e defendidos por Branca Dias e por Zé do Burro (e também, em última análise, por Dias Gomes, em todas as suas tomadas de posição como escritor e como intelectual ciente da sua missão) poderiam provavelmente ser endossados por qualquer escritor católico identificado com a evolução contemporânea do pensamento cristão. O que Dias Gomes pleiteia é uma sociedade justa e tolerante, na qual o indivíduo possa desfrutar livremente e em paz de todas as maravilhosas dádivas da natureza, e transmitir aos seus semelhantes o impulso de generosidade e amor que existe no fundo do coração de todos os homens de boa-fé:

"BRANCA: *Acho que as boas ações só valem quando não são calculadas. (...) Não foi querendo agradar a Deus que eu me atirei no rio para salvar o Padre. Foi porque isso me deixaria satisfeita comigo mesma. Porque era um gesto de amor ao meu semelhante. E é no amor que a gente se encontra com Deus. No amor, no prazer e na alegria de viver.*"

Longe de mim, bem entendido, a ideia de rotular Dias Gomes de escritor católico: todas as suas obras refletem um profundo, coerente e sincero engajamento ideológico-político e almejam, quero crer, constituir uma combativa contribuição dialética para a luta por uma ordem social melhor, e não sermões destinados à divulgação de uma doutrina religiosa ou moral. Mas não me parece errado nem tendencioso considerar que a importância maior dessas obras reside, pelo menos em parte, em trazer a um país atormentado e dividido em facções e grupos de opiniões, aparentemente irreconciliáveis, uma mensagem que é, apesar dos seus acentos de justificada indignação, um grito de confiança na fraternidade entre os homens: incompreendidos, perseguidos e acusados, Zé do Burro e Branca Dias nos estendem a mão e nos falam numa linguagem de bondade, de generosidade, de lealdade, de respeito ao ser humano. Todos aqueles que souberem entender esta linguagem terão o seu lugar na maior das Igrejas — a dos homens de boa vontade. Mas quem insistir em se recusar, ainda que sob o mais moralizador dos pretextos, a aceitar esse oferecimento de diálogo, estará se colocando ao lado dos inquisidores, nesta interminável série de Santos Inquéritos que é a história universal.

YAN MICHALSKI

Nota do Autor

Esta peça teve já várias edições e várias montagens teatrais. A última versão cênica estreou em São Paulo, no dia 25 de agosto de 1977, com direção de Flávio Rangel. A presente edição, que considero definitiva, adota alguns cortes que fiz no texto e segue as rubricas sugeridas por aquele espetáculo.

DIAS GOMES

O Que Sabemos e o Que Pensamos dos Personagens

Parece fora de qualquer dúvida que Branca Dias, realmente, existiu e foi vítima da Inquisição. Segundo a lenda, bastante conhecida no Nordeste, Branca foi queimada, como Joana d'Arc. A história não é tão precisa. Há controvérsia. Opinam alguns pesquisadores que, embora tendo sofrido perseguições, Branca deve ter morrido na cama, como os generais. Mas nenhum põe a mão no fogo. Nelson Werneck Sodré inclina-se pela primeira versão. E se Branca, que segundo Ademar Vidal "era jovem de boniteza excepcional", não terminou seus dias numa fogueira, bem poderia ter tido essa sorte, pois os autos de fé de meados do século XVIII, em Lisboa, registram a condenação de cerca de quarenta mulheres procedentes do Brasil. Aqui mesmo, na Bahia, em fins do século XVI, a octogenária Ana Roiz foi queimada simplesmente "por ter, doente, tresvariando, dito desatinos". Alguém (um ancestral dos modernos dedos-duros) ouvira e denunciara. Também com relação à sua nacionalidade divergem os pesquisadores, alguns dando-a como portuguesa banida para o Brasil pelas perseguições antissemitas da Inquisição lusa, no século XVI. Viriato Corrêa, que estudou o assunto, endossa essa versão. Mas a maioria afirma ter sido ela brasileira de nascimento, e paraibana. Ademar Vidal chega a citar datas precisas: nascimento "na capital da Paraíba em 15 de julho de 1734, tendo sido seus pais Simão Dias e Dona Maria Alves Dias, ambos da terra de André Vidal", e morte no "auto de fé de 20 de março de 1761, às seis horas da tarde, em Lisboa, no lugar onde demora o Limoeiro".* Também quanto ao lugar da execução há divergência, querendo alguns que tenha sido aqui mesmo, no Brasil. Enfim, história e estória entram em choque e esta é uma briga para historiadores e folcloristas. A mim, como dramaturgo, o que interessa é que Branca existiu, foi perseguida e virou lenda. A verdade histórica, em si, no caso, é secundária; o que importa é a verdade humana e as ilações que dela possamos tirar. Se isto não aconteceu exatamente como aqui vai contado, podia ter acontecido, pois sucedeu com outras pessoas, nas mesmas circunstâncias, na mesma época e em outras épocas. E continua a acontecer. Muito embora a Santa Inquisição tenha hoje vários defensores, que procuram amenizar a imagem que dela fazemos e diminuir a responsabilidade da Igreja (a nova Igreja, justiça lhe seja feita, procura ser, na teoria e na prática, a condenação formal do espírito e dos métodos do Santo Ofício), a verdade é que as razões apresentadas em sua defesa são as mesmas de todos os opressores, quase sempre sinceramente convencidos de que seus fins justificam os meios. São as razões de Hitler, de Franco e de MacCarthy. Vejamos o que diz um desses defensores da Santa Inquisição, o Padre José Bernardo:** "(…) tanto o Estado como a Igreja se viam em face de um perigo crescente e ameaçador. Toda a sociedade humana, a ordem civil e religiosa, construída com imensos esforços, toda a civilização e cultura do Ocidente, o progresso, a união e a paz estavam ameaçados de dissolução." Ameaçados por quê? Pelas heresias, sendo o protestantismo e as práticas judaizantes dos cristãos-novos as que mais preocupavam a hegemonia católica. Na defesa dessa hegemonia, justificava-se o emprego de medidas que, embora contrariando o espírito cristão, encontravam acolhida entre os teólogos da Igreja de Cristo. "Conforme São Tomás, todo aquele que tem o direito de mandar tem também o de punir, e a autoridade que tem o poder de fazer leis tem também o de lhes dar a sanção conveniente. Ora, as penas espirituais nem sempre bastam. Alguns as desprezam. É por isso que a Igreja deve possuir e possui o direito de infligir também penas temporais."*** E embora o braço eclesiástico não decretasse diretamente as penas de morte, na verdade as endossava

---

*   *Lendas e Superstições,* Edições O Cruzeiro.
** *A Inquisição — História de uma Inquisição Controvertida,* Padre José Bernardo.
*** *A Verdade sobre a Inquisição,* Henrique Hello, Editora Vozes.

ao relaxar a vítima ao braço secular, para que este as aplicasse. "É, portanto, justíssimo que a pena de morte seja aplicada aos que, propagando a heresia com obstinação, perdem o bem mais precioso do povo cristão, que é a fé, e, por divisões profundas, semeiam nele graves desordens".* Em Portugal e no Brasil foram os cristãos-novos as maiores vítimas desse direito de punir invocado pela Igreja no poder. Quando, em 1496, Dom Manuel desposou Dona Isabel, filha dos reis católicos, esta exigiu que todos os judeus fossem expulsos de Portugal antes de ela lá pisar. Dom Manuel apressou-se em satisfazer a exigência da noiva, decretando que todos os judeus e mouros forros se retirassem do reino. Entretanto, os navios que deveriam transportá-los à África lhes foram negados, no momento em que eles se reuniam nos portos, prontos para partir, seguindo-se então uma terrível perseguição, à qual poucos sobreviveram. Estes foram convertidos à força, constituindo os cristãos-novos, no íntimo fiéis à sua antiga fé. Acreditando representarem permanente perigo às instituições e à civilização cristã, a Santa Inquisição os mantinha sob severa vigilância. Justificando essa atitude de autodefesa, o Padre José Bernardo traça um paralelo entre o Tribunal do Santo Ofício e os Comitês de Atividades Antiamericanas, criados pelo macarthismo. Diz ele: "Será lícito reprimir a heresia pelo uso da força, quando ela constitui um perigo iminente para a ordem religiosa e civil?" A autoridade civil já dera, havia muito, a resposta afirmativa e continua ainda hoje na mesma disposição. Siga um exemplo: contrariando seus princípios de completa liberdade democrática, os Estados Unidos da América do Norte julgaram necessário proteger-se contra a desintegração da sua sociedade. Começaram a citar diante dos tribunais os comunistas declarados "por pregarem uma ideologia revolucionária", com o fim confessado de derrubar a ordem existente e a constituição democrática... Este proceder contra os comunistas é uma genuína restauração dos princípios inquisitoriais da Idade Média.** Até quando esses princípios serão invocados, até quando forjarão mártires como Branca e Augusto, ou criminosos por omissão, como Simão Dias? Até quando as fogueiras reais ou simplesmente morais (estas não menos cruéis) serão usadas para eliminar aqueles que teimam em fazer uso da liberdade de pensamento?

---

*   Henrique Hello, *ob. cit.*
** Padre José Bernardo, *ob. cit.*

Branca é realmente culpada de heresia. De acordo com a monitória do Inquisidor-geral (instruções para a configuração das heresias), ela está "enquadrada" em vários artigos, sendo, além disso, acusada de atos contra a moralidade e da posse de livros proibidos. Mas, do princípio ao fim, ela caminha de coração aberto ao encontro de seu destino, acreditando que a sinceridade e a pureza que lhe moram no coração a absolvem de tudo. Mais importante do que conhecer e seguir as leis e os preceitos ao pé da letra não é estar possuída de bondade? Se ela traz Deus em si mesma, e se Deus é amor, isso não a redime inteiramente? E é isso, justamente, que a perde, não percebe que os homens que a julgam agem segundo uma ideia preconcebida, que subverte a verdade, embora eles também não tenham consciência disso e se considerem honestos e justos. E, sem dúvida, o são, se os considerarmos segundo seu ponto de vista. Branca nada percebe até o fim, quando já é tarde demais. Sua perplexidade cede lugar então a um princípio de consciência, que inicialmente a aniquila e depois a faz erguer-se na defesa fatal da própria dignidade. Branca nada tem de comum com Joana d'Arc, a não ser o fim trágico. Ela não é uma iluminada, não ouve vozes celestiais, nem se julga em estado de graça. É mulher. E para a mulher o amor é a verdadeira religião, o casamento a sua liturgia e o homem a humanização de Deus. Não se julga destinada a grandes feitos, nem a uma vida excepcional. Quer casar-se e ter quantos filhos puder — seu ventre anseia pela maternidade. Nada tem das maneiras masculinas de Joana, nem de seu espírito de sacrifício; é feminina, frágil e vê no prazer uma prova da existência de Deus. A grandeza que atinge, no final, ao enfrentar o martírio é dada pela sua recusa em acumpliciar-se com os assassinos de Augusto. É um gesto de protesto e também de desespero.

Padre Bernardo era jesuíta, muito embora os inquisidores fossem, em geral, dominicanos. Mas, nas visitações ordenadas para o Brasil, os jesuítas tiveram papel de destaque,* vindo a ser, depois, suas maiores vítimas, com a perseguição a eles movida pelo Marquês de Pombal. Além disso, aqui, como em toda a peça, seguimos a lenda, procurando harmonizá-la, sempre que possível, com a verdade histórica e subordinando ambas aos interesses maiores da obra dramática.

---

* *Um Visitador do Santo Ofício*, Capistrano de Abreu.

A conduta do Padre Bernardo para com Branca, a princípio, é impecável. Ele quer realmente salvá-la, curá-la de seus "desvios", repô-la nos trilhos de sua ortodoxia, e acredita, sinceramente, que assim procede por dever de ofício e gratidão. Quando a paixão carnal (que desde o início o motivou inconscientemente) começa a torturá-lo, ele só encontra um caminho para combatê-la: a punição de Branca, que será, em última análise, a sua própria punição. Mas em nenhum momento ele tem consciência de estar sacrificando Branca à sua própria purificação. Sua convicção é de que ela é culpada, herege irredutível e irrecuperável, sendo justa a pena que lhe é imposta. Também o Visitador do Santo Ofício, ao relaxá-la ao braço secular, tem a consciência tranquila — está certo de ter esgotado todos os esforços para levá-la ao arrependimento, está convicto de ter usado de toda a tolerância e toda a misericórdia e chegado ao limite onde qualquer irresolução na defesa da fé e da sociedade importa num suicídio dessa mesma fé e dessa mesma sociedade. A tranquilidade com que ordena a aplicação de torturas em Augusto Coutinho, exigindo somente que sejam observadas as regras impostas pelo Inquisidor-geral, não revela nele qualquer sintoma de sadismo, mas apenas a deformação a que pode chegar a mente humana para a defesa de uma causa. Olhado através de seu próprio prisma de interesses, motivações e condicionamento histórico, o Bispo-visitador pode ser considerado até liberal, equilibrado, humano e justo — muito embora seja ele o executor da tarefa hedionda, desumana e cruel.

Essa deformação, em outro ângulo, pode ser percebida também no Notário. O necessário esquematismo do personagem pode levar à sua desumanização, e isso seria um erro. Ele é o que comumente chamamos "um bom sujeito". Se tivesse oportunidade de encontrar-se a sós com Branca, talvez chegasse até a compadecer-se de sua sina e a pensar "num jeito" de livrá-la. Diante do Visitador, porém, ele é um autômato, em que pesem as suas irreverentes interrupções durante a inquirição. No decorrer do processo, ele se transforma na peça de uma máquina e jamais lhe passaria pela mente emperrar deliberadamente essa engrenagem. A sua irritação ao ver Branca não compreender a inexorabilidade do processo a que está submetida é uma prova de sua humanidade, embora isto não chegue a conscientizá-lo. Mais consciência da iniquidade de seu papel tem o Guarda — também certo da impossibilidade de modificá-lo.

Diz a lenda que, em noites de plenilúnio, quando o nordeste sopra na copa das árvores, Branca desliza pelas ruas silenciosas da capital paraibana e vai visitar o noivo prisioneiro e torturado nos subterrâneos do Convento de São Francisco. Um dos mais belos aspectos da estória é esse amor e a fidelidade a ele. Mas não é apenas o amor que tem por Branca o que leva Augusto a preferir a morte a acusá-la, é a certeza de que sua vida não vale a indignidade que querem obrigá-lo a cometer. Augusto é o homem em defesa de sua integridade moral, cônscio de que o ser humano tem em si mesmo algo de que não pode abrir mão, nem mesmo em troca da liberdade. Ele troca a vida pelo direito de vivê-la com grandeza, ao contrário de Simão. Neste, prevalece o sentimento de salvar-se a qualquer preço. Mesmo ao preço da própria dignidade. É a voz que não se levanta diante de uma injustiça praticada contra outrem, que não protesta contra uma violência, se essa violência não o atinge diretamente, esquecido de que as violências contra a criatura humana geram, quase sempre, uma reação em cadeia que talvez não pare no nosso vizinho. Seu receio de comprometer-se leva-o a assistir à morte de Augusto sem um gesto ou uma palavra em sua defesa. Essa omissão o torna cúmplice, como cúmplices são todos aqueles que se omitem por egoísmo ou covardia, podendo fazer valer a sua voz. Quem cala, de fato, colabora.

DIAS GOMES

PERSONAGENS:

Branca Dias
Padre Bernardo
Augusto Coutinho
Simão Dias
Visitador do Santo Ofício
Notário
Guarda

AÇÃO: Estado da Paraíba
ÉPOCA: 1750

Que tempo é este, em que falar de árvores é quase um crime, pois importa em calar sobre tantos horrores.

BERTOLT BRECHT

Homens, eu vos amava! Velai!

(Últimas palavras do diário de JÚLIO FUCHICK, escritor tcheco assassinado pelos nazistas.)

Primeiro Ato

O palco contém vários praticáveis, em diferentes planos. Não constituem propriamente um cenário, mas um dispositivo para a representação, que é completado por uma rotunda. É total a escuridão no palco e na plateia. Ouve-se o ruído de soldados marchando. A princípio, dois ou três, depois quatro, cinco, um pelotão. Soa uma sirene de viatura policial, cujo volume vai aumentando, juntamente com a marcha, até chegar ao máximo. Ouvem-se vozes de comando confusas, que também crescem com os outros ruídos até chegarem a um ponto máximo de saturação, quando cessa tudo, de súbito, e acendem-se as luzes. Os personagens estão todas em cena: Branca, o Padre Bernardo, Augusto Coutinho, Simão Dias, o Visitador, o Notário e os Guardas.

PADRE BERNARDO

Aqui estamos, senhores, para dar início ao processo. Os que invocam os direitos do homem acabam por negar os direitos da fé e os direitos de Deus, esquecendo-se de que aqueles que trazem em si a verdade têm o dever sagrado de estendê-la a todos, eliminando os que querem subvertê-la, pois quem tem o direito de mandar tem também o direito de punir. É muito fácil apresentar esta moça como um anjo de candura e a nós como bestas sanguinárias. Nós que tudo fizemos para salvá-la, para arrancar o Demônio de seu corpo. E se não conseguimos, se ela não quis separar-se dele, de Satanás, temos ou não o direito de castigá-la? Devemos deixar que continue a propagar heresias, perturbando a ordem pública e semeando os germes da anarquia, minando os alicerces da civilização que construímos, a civilização cristã? Não vamos esquecer que, se as heresias triunfassem, seríamos todos varridos! Todos! Eles não teriam conosco a piedade que reclamam de nós! E é a piedade que nos move a abrir este inquérito contra ela e a indiciá-la. Apresentaremos inúmeras provas que temos contra a acusada. Mas uma é evidente, está à vista de todos: ela está nua!

BRANCA

(Desce até o primeiro plano.) Não é verdade!

PADRE BERNARDO

Desavergonhadamente nua!

BRANCA

Vejam, senhores, vejam que não é verdade! Trago as minhas roupas, como todo mundo. Ele é que não as enxerga!
Padre sai, horrorizado.

BRANCA

Meu Deus, que hei de fazer para que vejam que estou vestida? É verdade que uma vez — numa noite de muito calor — eu fui banhar-me no rio... e estava nua. Mas foi uma vez. Uma vez somente e ninguém viu, nem mesmo as gurinhatãs que dormiam no alto dos jeribás! Será por isso que eles dizem que eu ofendi gravemente a Deus? Ora, o Senhor Deus e os senhores santos têm mais o que fazer que espiar moças tomando banho altas horas da noite. Não, não é só por isso que eles me perseguem e me torturam. Eu não entendo... Eles não dizem... só acusam, acusam! E fazem perguntas, tantas perguntas!

VISITADOR

Come carne em dias de preceito?

BRANCA

Não...

VISITADOR

Mata galinhas com o cutelo?

BRANCA

Não, torcendo o pescoço.

VISITADOR

Come toicinho, lebre, coelho, polvo, arraia, aves afogadas?

BRANCA

Como...

VISITADOR

Toma banho às sextas-feiras?

BRANCA

Todos os dias...

VISITADOR

E se enfeita?

BRANCA

Também...

VISITADOR

Quanto tempo leva enfeitando-se?

NOTÁRIO

Quanto tempo?

TODOS

Quanto tempo? Quanto tempo?
Saem todos, exceto Branca.

BRANCA

Não sei, não sei, não sei... Oh, a minha cabeça... Por que me fazem todas essas perguntas, por que me torturam? Eu sou uma boa moça, cristã, temente a Deus. Meu pai me ensinou a doutrina e eu procuro segui-la. Mas acho que isso não é o mais importante. O mais importante é que eu sinto a presença de Deus em todas as coisas que me dão prazer. No vento que me fustiga os cabelos, quando ando a cavalo. Na água do rio, que me acaricia o corpo, quando vou me banhar. No corpo de Augusto, quando roça no meu, como sem querer. Ou num bom prato de carne-seca, bem apimentada, com muita farofa, desses que fazem a gente chorar de gosto. Pois Deus está em tudo isso. E amar a Deus é amar as coisas que Ele fez para o nosso prazer. É verdade que Deus também fez coisas para o nosso sofrimento. Mas foi para que também o temêssemos e aprendêssemos a dar valor às coisas boas. Deus deve passar muito mais tempo na minha roça, entre as minhas cabras e o canavial batido pelo sol e pelo vento, do que nos corredores sombrios do Colégio dos Jesuítas. Deus deve estar onde há mais claridade, penso eu. E deve gostar de ver as criaturas livres como Ele as fez, usando e gozando essa liberdade, porque foi assim que nasceram e assim devem viver. Tudo isso que estou lhes dizendo é na esperança de que vocês entendam... Porque eles, eles não entendem... Vão dizer que sou uma herege e que estou possuída pelo Demônio. E isso não é verdade! Não acreditem! Se o Demônio estivesse em meu corpo, não teria deixado que eu me atirasse ao rio para salvar Padre Bernardo, quando a canoa virou com ele!...

PADRE BERNARDO

(Fora de cena, gritando.) Socorro! Aqui del rei!
Branca sai correndo. Volta, amparando Padre Bernardo, que caminha com dificuldade, quase desfalecido. Ela o traz até o primeiro plano e aí o deita, de costas. Debruça-se sobre ele e põe-se a fazer exercícios, movimentando seus braços e pernas, como se costuma fazer com os afogados. Vendo que ele não

se reanima, cola os lábios na sua boca, aspirando e expirando, para levar o ar aos seus pulmões.

PADRE BERNARDO

(De olhos ainda cerrados, balbucia:) Jesus... Jesus, Maria, José...
Ele vai se reanimando aos poucos. Abre os olhos e vê Branca, de joelhos, a seu lado.

PADRE BERNARDO

Obrigado, Senhor, obrigado por terdes atendido ao meu apelo desesperado... Não sou merecedor de tanta misericórdia. *(Ele beija repetidas vezes um crucifixo que traz na mão.)* Alma de Cristo, santificai-me; Corpo de Cristo, salvai-me; Sangue de Cristo, inebriai-me...

BRANCA

Achava melhor o senhor deixar pra rezar depois. Agora era bom que virasse de bruços e baixasse a cabeça pra deixar sair toda essa água que engoliu.
Ajudado por ela, ele vira de bruços e baixa a cabeça. Ela pressiona sua nuca, para fazer sair a água.

BRANCA

Se eu não chego a tempo, o senhor bebia todo o rio Paraíba...

PADRE BERNARDO

(Senta-se, meio atordoado ainda.) A minha canoa?...

BRANCA

A canoa? Seguiu emborcada, rio abaixo. Tinha alguma coisa de valor?

PADRE BERNARDO

Tinha, o cofre com as esmolas...

BRANCA

Muito dinheiro?

PADRE BERNARDO

Bastante.

BRANCA

Agora deve estar no fundo do rio.

PADRE BERNARDO

Só consegui agarrar o crucifixo; tinha de escolher, uma coisa ou outra...

BRANCA

Foi uma pena. Com o dinheiro, o senhor talvez comprasse dois crucifixos. E quem sabe ainda sobrava.

PADRE BERNARDO

Não diga isso, filha!

BRANCA

Por quê?

PADRE BERNARDO

Porque é o Cristo... Não é coisa que se compre. Tivesse eu escolhido o cofre e certamente a esta hora estaria no fundo do rio com ele. Foi Jesus quem me salvou.

BRANCA

(Timidamente.) Eu ajudei um pouco...

PADRE BERNARDO

Eu sei. Você foi o instrumento. Não estou sendo ingrato. Sei que arriscou a vida para me salvar.

BRANCA

Não foi tanto assim. O rio aqui não é muito fundo e a correnteza não é lá tão forte. Quando a gente está acostumada...

PADRE BERNARDO

Acostumada?...

BRANCA

Venho banhar-me aqui todos os dias. Sei nadar e salvar alguém que está se afogando. E só puxar pelos cabelos. Com o senhor foi um pouco difícil por causa da tonsura. Tive de puxar pela batina. Me cansei um pouco, mas estou contente comigo mesma. Hoje vai ser um dia muito feliz para mim.

PADRE BERNARDO

Deus lhe conserve essa alegria e lhe faça todos os dias praticar uma boa ação, como a de hoje.

BRANCA

Não é fácil. Acho que as boas ações só valem quando não são calculadas. E Deus não deve levar em conta aqueles que praticam o bem só com a intenção de agradar-Lhe. Estou ou não estou certa?

PADRE BERNARDO

Bem...

BRANCA

Não foi querendo agradar a Deus que eu me atirei ao rio para salvá-lo. Foi porque isso me deixaria satisfeita comigo mesma. Porque era um gesto de amor ao meu semelhante. E é no amor que a gente se encontra com Deus. No amor, no prazer e na alegria de viver. *(Ela nota que o Padre se mostra um pouco perturbado com as suas palavras.)* Estou dizendo alguma tolice?

PADRE

No fundo, talvez não. Mas a sua maneira de falar... Quem é o seu confessor?

BRANCA

Não tenho confessor. Vivo aqui, no Engenho Velho, que é de meu pai, Simão Dias, que o senhor deve conhecer de nome. Custo ir à cidade.

PADRE

Não vai à missa, aos domingos, ao menos?

BRANCA

Nem todos os domingos. Mas não pense que porque não vou diariamente à Igreja não estou com Deus todos os dias. Faço sozinha as minhas orações, rezo todas as noites antes de dormir e nunca me esqueço de agradecer a Deus tudo o que recebo Dele.

PADRE

Gostaria de discutir com você esses assuntos. Não hoje, porque estamos ambos molhados, precisamos trocar de roupa.

BRANCA

Vamos lá em casa, o senhor tira a batina e eu ponho pra secar. Posso lhe arranjar uma roupa de meu pai enquanto o senhor espera.

PADRE

(A proposta parece assumir para ele uns aspetos de tentação.) Não... isso não é direito...

BRANCA

Por que não?

PADRE

Já lhe dei muito trabalho por hoje. E preciso voltar o quanto antes ao colégio.

BRANCA

Que colégio?

PADRE

O Colégio dos Jesuítas. Sou o Padre Bernardo.

BRANCA

Lá aceitam moças?

PADRE

Não... só meninos, rapazes.

BRANCA

Por que nunca aceitam moças nos colégios?

PADRE

Porque moças não precisam estudar.

BRANCA

Nem mesmo ler e escrever?

PADRE

Isso se aprende em casa, quando se quer e os pais consentem.

BRANCA

(Com certo orgulho.) Eu aprendi. Sei ler e escrever. E Augusto diz que faço ambas as coisas melhor do que qualquer escrivão de ofício.

PADRE

Quem é Augusto?

BRANCA

Meu noivo. Foi ele quem me ensinou. Mas foi preciso que eu insistisse muito e quase brigasse com meu pai. É tão bom.

PADRE

Ler?

BRANCA

Sim. Sabe as coisas que mais me divertem? Ler estórias e acompanhar procissão de formigas. *(O Padre ri.)* Sério. Tanto nos livros como nas formigas a gente descobre o mundo. *(Ri.)* Quando eu era menina, conhecia todos os formigueiros do engenho. O capataz botava veneno na boca dos buracos e eu saía de noite, de panela em panela, limpando tudo. Depois ia dormir satisfeita por ter salvado milhares de vidas.
O Padre espirra.

BRANCA

Oh, mas o senhor com essa roupa molhada no corpo e eu aqui contando estórias. O senhor me desculpe...

PADRE

Não tenho de que desculpá-la, tenho que lhe agradecer, isto sim. Gostaria muito de continuar a ouvir as suas estórias. Todas, todas as estórias que você tiver para me contar.

BRANCA

Pois venha, venha nos visitar lá no engenho. Eu me chamo Branca.
Ela beija a mão que ele lhe estende.

PADRE

Branca... você é um dos tesouros do Senhor. Preciso cuidar de você. *(Sai.)*

BRANCA

(Acompanha a saída do Padre, envaidecida com as últimas palavras dele. Depois desce até a boca de cena, dirigindo-se à plateia.) Ele disse isso, sim. Disse que eu era um dos tesouros do Senhor e precisava cuidar de mim. Não que eu fosse vaidosa a ponto de acreditar. Mas ele viu que eu era uma boa moça e o Demônio não era pessoa das minhas relações. Muito menos podia estar em meu corpo, pois é coisa provada que Satanás, quando vê uma cruz, corre mais do que o não-sei-do-que-diga. Ele tinha um crucifixo e devia saber disso. Tanto que voltou, alguns dias depois.

Muda a luz.

AUGUSTO

(Entra.) Voltou?

BRANCA

Esta tarde. Pedi a ele que ficasse mais um pouco pra conhecer você. Mas ele tinha hora de chegar no colégio. Os jesuítas se submetem a uma disciplina muito rigorosa. Parecem militares.

AUGUSTO

E ninguém menos militar do que Cristo. Se Ele voltasse à Terra e entrasse para a Companhia de Jesus, ia estranhar muito.
Sentam-se a boa distância um do outro, como no noivado antigo.

BRANCA

Foi pena, queria que você o conhecesse. É um bom Padre. *(Ri.)* Se você o visse engolindo água e gritando: "Aqui del rei!" Que Deus me perdoe, mas depois me deu uma vontade de rir.

AUGUSTO

Padre Bernardo... acho que já ouvi falar dele.

BRANCA

Já?

AUGUSTO

Era Padre adjunto do Visitador do Santo Ofício, em Pernambuco, quando Pero da Rocha foi condenado.

BRANCA

Condenado, por quê?

AUGUSTO

Por trabalhar aos domingos e negar a virgindade de Nossa Senhora. Degredo por dois anos foi a pena; tendo antes que andar por todo o Recife, com grilhão e baraço, apontado à execração pública.

BRANCA

Agora me lembro. Foi no ano passado. Mas era um herege perigoso. Atirou de arcabuz no familiar do Santo Ofício, quando o foram prender.

AUGUSTO

Concordo com o degredo, não concordo com a humilhação. Pero da Rocha é um herege, mas é um homem. Merecia ser punido, morto, mas com respeito. Eu estava no Recife e o vi passar, com o baraço no pescoço, tangido como um cão, entre insultos e pedradas de uma multidão que ria e incentivava a violência. E nunca esquecerei o seu olhar. Parecia dizer: "Isto que aqui vai é um homem. Um ser feito à semelhança de Deus."

BRANCA

Mas ele devia ter culpa. Muita culpa. Se Padre Bernardo o julgou. Se o Santo Ofício o condenou. Padre Bernardo tem o olhar transparente das pessoas de alma limpa. E o Santo Ofício é misericordioso e justo.

AUGUSTO

Não é o Santo Ofício. É que em nome dele, em nome da Igreja, do próprio Deus, às vezes cometem-se atos que Ele jamais aprovaria. Em nome de um Deus-misericórdia, praticam-se vinganças torpes, em nome de um Deus-amor, pregam-se o ódio e a violência. Os rosários são usados para encobrir toda sorte de interesses que não são os de Deus, nem da religião.

BRANCA

(*Fita-o com admiração e amor.*) Você é o mais justo e o melhor de todos os homens.

AUGUSTO

Eu?

BRANCA

Sim, e é por isso que se revolta. Porque é justo e bom.

AUGUSTO

Sou apenas cristão. E no momento talvez possa dizer, sem blasfêmia, que sou mais cristão do que Sua Santidade, o Papa, porque tenho o coração repleto de amor.
Ele toma a mão dela e beija, calorosamente. Branca cerra os olhos, seu corpo parece invadido por um gozo infinito. Súbito, estremece, numa convulsão, puxa a mão, rapidamente. Levanta-se.

AUGUSTO

Que foi?

BRANCA

Um calafrio... a morte passou por aqui.

AUGUSTO

Não diga tolices.

BRANCA

Sinto isso toda vez que você me beija. Um calafrio de morte... Por que será que o amor dá essa tristeza imensa, essa vontade de morrer? Deve haver um ponto onde o amor e a morte se confundem, como as águas do rio e do mar.
Ele roça os lábios nos cabelos dela.

BRANCA

Que está fazendo?

AUGUSTO

Gosto de aspirar o perfume dos seus cabelos.

BRANCA

Eles cheiram a quê?

AUGUSTO

A capim molhado.
Muda a luz. Branca desce até o primeiro plano, enquanto Augusto sai.

BRANCA

Capim molhado... vocês não acham que se eu estivesse possuída do Demônio meus cabelos deviam cheirar a enxofre? Não é uma coisa lógica, uma prova evidente da minha inocência? Mas eles não aceitam as coisas lógicas, as coisas simples e naturais. Eles só aceitam o mistério.
Muda a luz. Padre Bernardo entra e estende a mão a Branca.

PADRE

Venha...
Toma-a pela mão e a leva a percorrer todos os planos do cenário. Branca passeia os olhos em torno, como se contemplasse as altas paredes de um templo.

PADRE

Então?

BRANCA

Não me sinto bem.

PADRE

Não se sente bem na Companhia de Jesus?

BRANCA

Falta sol. Claridade. Deus é luz. Não é?

PADRE

É também recolhimento. Você precisa habituar-se à sombra, ao silêncio e à solidão. A solidão é necessária para se ouvir a voz de Deus. Foi na solidão do Sinai que Deus entregou a Moisés as Tábuas da Lei. Foi na solidão da Palestina que João Batista recebeu a plenitude do Espírito Santo.

BRANCA

Foi para isso que me trouxe aqui?

PADRE

Não. Queria que você conhecesse o colégio. Mas queria, principalmente, conhecê-la mais a fundo.

BRANCA

Já lhe fiz a minha confissão, já me conhece tanto quanto eu mesma. Mais até, porque lhe disse coisas que a mim mesma não teria coragem de dizer.

PADRE

Sei e estou tranquilo agora, porque poderei protegê-la e salvá-la.

BRANCA

Salvar-me?

PADRE

Você me estendeu a mão uma vez e me salvou a vida; agora é a minha vez de retribuir com o mesmo gesto.

BRANCA

Mas eu não estou em perigo, Padre.

PADRE

Toda criatura humana está em permanente perigo, Branca. Lembre-se de que Deus nos fez de matéria frágil e deformável. Ele nos moldou em argila, a mesma argila de que são feitos os cântaros, que sempre um dia se partem.

BRANCA

(Ri.) Tenho um cântaro que meus avós trouxeram de Portugal. Durou três gerações e até hoje não se partiu.

PADRE

Naturalmente porque sempre teve mãos cuidadosas a lidar com ele e a protegê-lo. Queria que você me permitisse protegê-la também, defendê-la também, porque é uma criatura tão frágil e tão preciosa como esse cântaro.

BRANCA

Eu lhe agradeço. Mas não acho que mereça tantos cuidados de sua parte. Sou uma criatura pequenina e fraca, sim, mas não me sinto cercada de perigos e tentações.

PADRE

A segurança com que você diz isso já é, em si, um perigo. Prova que você ignora as tentações que a cercam.

BRANCA

Talvez eu não ignore, mas aceite como uma coisa natural.

PADRE

Pior ainda. Ninguém pode aceitar o Demônio como companheiro de mesa.

BRANCA

Eu não disse isso.

PADRE

Se aceitamos a sua existência como coisa natural, acabamos por admiti-lo como parceiro. Porque, não tenho dúvidas, o Diabo está a todo momento a nos rondar os passos, a se insinuar e a se infiltrar. E são principalmente os ingênuos, os sem-maldade, como você, que ele escolhe para seus agentes. É um erro imaginar que Satanás prefere os maus, os corruptos, os ateus. Engano. Satanás escolhe os bons, os inocentes, os puros, porque são eles muito úteis e insuspeitos na propagação de suas ideias. Repare que as grandes heresias surgem sempre de pessoas que pretendem salvar a humanidade. Por isso, quando encontro alguém que se julga tão próximo de Deus que pode até senti-Lo em sua própria carne, no ar que respira, ou na água que bebe, temo por essa criatura. Porque ela deve estar na mira do Diabo.

BRANCA

Se for o meu caso, o Diabo vai perder tempo e munição. E vai acabar cansando. Garanto.

PADRE

O Diabo não se cansa nunca. E não devemos correr dele, devemos enfrentá-lo e obrigá-lo a fugir de nós. Para o cristão, Branca, toda prova, toda tentação é um meio de santificação e a vida na Terra só vale como preço para ganhar o céu.

BRANCA

Mas eu não quero ser santa. Minhas pretensões são bem mais modestas. Não é pela ambição que o Capeta há de me pegar. Quero viver uma vida comum, como a de todas as mulheres. Casar com o homem que amo e dar a ele todos os filhos que puder.

PADRE

(Não como uma acusação, como notação apenas.) Durante a sua confissão, você pronunciou sete vezes o nome desse homem.

BRANCA

(Surpresa.) O senhor contou?

PADRE

Contei.

BRANCA

Bem... eu o amo.

PADRE

Enquanto que o nome de Deus você pronunciou apenas três vezes.

BRANCA

Isso tem importância?

PADRE

Não, não tem importância.

BRANCA

Não se deve invocar o nome de Deus em vão.

PADRE

Claro. São apenas números. Mas nem tudo são números em sua confissão. Os tormentos da carne, por exemplo.

BRANCA

Eu não falei em tormentos da carne.

PADRE

Mas confessou que certa noite rolava na cama sem poder dormir...

BRANCA

Por causa do calor. Meu corpo queimava.

PADRE

E não podendo mais, levantou-se e foi mergulhar o corpo no rio, para acalmá-lo. Tirou a roupa e banhou-se nua.

BRANCA

Era noite de lua nova. Nenhum perigo havia de ser vista. Nem mesmo podia haver alguém acordado, àquela hora.

PADRE

Agora responda, Branca, lembrando-se de que está ainda diante de seu confessor: que sentiu ao mergulhar o corpo no rio?

BRANCA

Que senti? Bem, senti-me bem melhor, refrescada.

PADRE

Sentiu prazer?

BRANCA

(Hesita um instante.) Senti, senti prazer.

PADRE

E depois, quando voltou para o leito?

BRANCA

Pude, enfim, dormir.

PADRE

Algum pensamento pecaminoso lhe atravessou a mente nessa noite?

BRANCA

Eu... não me lembro.

PADRE

Não pensou em seu noivo nessa noite?

BRANCA

É possível. Eu penso nele todas as noites, todos os dias. Tudo que me acontece de bom, eu penso em compartilhar com ele, tudo que me acontece de mau, eu acho que não seria tão mau se estivesse a meu lado.

PADRE

E ele nunca a viu tomar banho no rio? Responda.

BRANCA

Uma vez... sim. *(Adivinha os pensamentos do Padre, reage prontamente.)* Mas não foi naquela noite! Juro por Deus, não foi!

PADRE

(Cerra os olhos, como se procurasse fugir a todas aquelas visões e mergulhar em si mesmo.) Branca... pode ir. Eu preciso fazer minhas orações.
Ela vem descendo, de costas, os olhos fixos nele, que parece em êxtase.

PADRE

(Murmura.) Senhor, ajudai-me. Ela precisa de mim e eu devo protegê-la. Ela tem tão pouca noção das tentações que a cercam, que será uma presa fácil para o Demônio, se não a guiarmos pelo caminho que a levará até Vós. Dai-me forças, Senhor, para cumprir essa tarefa. Dai-me forças e defendei-me também de toda e qualquer tentação. Amém.
Muda a luz. Padre sai. Branca está em primeiro plano, onde surge Simão.

SIMÃO

(Muito preocupado.) Que é que ele quer, afinal?

BRANCA

Quer proteger-me, pai.

SIMÃO

E não sai daqui, e faz tantas perguntas.

BRANCA

Ele acredita que eu esteja em perigo. E como o salvei de morrer afogado, quer também salvar-me. O curioso é que eu antigamente me sentia tão segura e agora... Mas ele deve ter razão, talvez eu não veja os perigos que me cercam. Se ele vê, é porque de fato existem, pois ninguém pode saber das artimanhas do Cão melhor do que um Padre, que tem isso por ofício.

SIMÃO

Mas nós nunca precisamos dessa proteção. Eu disse isso a ele, na última vez. Quem nos protege é Deus, ninguém mais.

Muda a luz. Padre Bernardo surge. Branca permanece na sombra, durante o diálogo.

PADRE

Isso não é verdade. A Virgem também nos protege e também os santos da Igreja. Também o Papa e os sacerdotes. É preciso cuidado com essas afirmações, Simão, porque frequentemente as ouvimos da boca dos hereges. Que só Deus protege, que só Deus é justo, que só a Ele devemos prestar conta dos nossos atos.

SIMÃO

Eu não disse isso, Padre.

PADRE

Acabará dizendo, se prossegue nesse caminho.

SIMÃO

Meu caminho é o da fé cristã, caminho abraçado por meus antepassados.

PADRE

Não por todos os seus antepassados. Seus avós não eram cristãos, seguiam a lei mosaica.

SIMÃO

Sim, mas os meus pais se converteram.

PADRE

Sei disso. Vieram para o Brasil em fins do século passado.

SIMÃO

Já eram cristãos quando aqui chegaram.

PADRE

Cristãos-novos. Chegaram pobres e logo enriqueceram.

SIMÃO

Honestamente.

PADRE

E aqui geraram um filho a quem chamaram Simão.

SIMÃO

A quem batizaram e crismaram.

PADRE

E Simão gerou Branca, a quem também batizou e crismou. E Branca espera gerar quantos filhos puder.

SIMÃO

Está noiva. Augusto Coutinho, seu noivo, é também católico. De boa família. Estudou na Europa.

PADRE

Em Lisboa.

SIMÃO

É muito inteligente e muito preparado. Conhece leis a fundo.

PADRE

Conhece as leis dos homens, que não se podem sobrepor às leis de Deus. Mas ele pensa que sim.

SIMÃO

Ele pensa?

PADRE

Soube de certas atitudes de rebeldia desse rapaz.

SIMÃO

Coisas da juventude. Quem nunca foi rebelde nunca foi jovem.

PADRE

Preocupa-me a influência que ele exerce sobre Branca.

SIMÃO

É natural. Ela o adora.

PADRE

O senhor disse a frase exata: ela o adora.

SIMÃO

Cresceram juntos, brincando de esconder no canavial. O velho Coutinho era também senhor de engenho. Bom homem, muito respeitador. Depois, Augusto foi estudar na Europa. Voltou já homem feito e disposto a casar. Era do meu gosto e eu só tinha que aprovar.

PADRE

Quando será?

SIMÃO

Em setembro. Faltam três meses somente e já encomendei o enxoval; virá tudo de Paris. Custou-me os olhos da cara. *(Sorri.)* É filha única, o senhor compreende. Alegria que só terei uma vez na vida. Quem sabe se o senhor mesmo não poderia casá-los?

PADRE

(Estranha a ideia.) Eu?

SIMÃO

Sim, Branca ia ficar muito contente, tendo pelo senhor o respeito e a amizade que tem.

PADRE

(Constrangido.) Será para mim também uma satisfação, se Branca me der essa honra.
Muda a luz. O Padre sai.

SIMÃO

Não fiz bem em convidá-lo?

BRANCA

Fez. Eu já havia pensado nisso. Ele deve ter ficado satisfeito.

SIMÃO

Penso que sim. Não demonstrou muito.

BRANCA

Porque é tímido. Mas pode ficar certo de que o senhor lhe deu uma grande alegria.

SIMÃO

Você acha?

BRANCA

Ele é muito sensível a qualquer gesto de simpatia.

SIMÃO

Ainda bem.

BRANCA

Por quê? O senhor parece preocupado. Teme alguma coisa?

SIMÃO

O temor é um legado de nossa raça.

BRANCA

Somos cristãos.

SIMÃO

Cristãos-novos, ele frisou bem.

BRANCA

Que tem isso? Jesus nunca fez distinção entre os velhos e os novos discípulos.

SIMÃO

Eles não confiam em nós, em nossa sinceridade. Estamos sempre sob suspeita.

BRANCA

Não é suspeita, pai, é que eles têm o dever de ser vigilantes. É essa vigilância que nos defende e nos protege.

SIMÃO

Essa proteção custou a vida de dois mil dos nossos, em Lisboa, numa chacina que durou três dias.

BRANCA

Dois mil?

SIMÃO

Sim, dois mil cristãos-novos. Poucos conseguiram escapar, como seu avô, convertido à força e despojado de todos os seus bens.

BRANCA

Meu avô não era um cristão convicto?

SIMÃO

O ódio não converte ninguém. Uma coisa é um Deus que se teme, outra coisa é um Deus que se ama. E não há nada mais próximo do ódio que o amor dos humildes pelos poderosos, o culto dos oprimidos pelos opressores.

Muda a luz, Simão sai. Branca senta-se, pensativa. As palavras do pai a perturbaram um pouco. A insegurança, cujos germes Padre Bernardo conseguira incutir em seu espírito, acentua-se. Augusto entra.

AUGUSTO

Por que me mandou chamar com tanta urgência?

BRANCA

Não sei... De fato, não é urgente.

AUGUSTO

Aconteceu alguma coisa?

BRANCA

Não... realmente, não aconteceu nada. Não sei explicar. Mas de um momento para outro eu me senti tão só, tão desamparada. Só me aconteceu isso uma vez, quando eu era menina e alguém me disse que a Terra se movia no espaço. Não sei que sábio havia descoberto. Até então, a Terra me parecia tão sólida, tão firme... de repente, comecei a pensar em mim mesma, uma pobre criança, montada num planeta louco, que corria pelo céu girando em volta de si mesmo, como um pião. E tive medo, pela primeira vez na vida. Uma sensação de insegurança me fez passar noites sem dormir, imaginando que durante o sono podia rolar no espaço, como uma estrela cadente.

AUGUSTO

(Sorri.) E que quer você que eu faça? Que pare a Terra, como Josué parou o Sol?

BRANCA

E se Josué parou o Sol, é porque é o Sol que se move e não a Terra.

AUGUSTO

É o que dizem as Sagradas Escrituras.

BRANCA

E pode um texto sagrado mentir?

AUGUSTO

Talvez seja uma questão de interpretação. Josué não parou o Sol, mas a Terra. Estando na Terra, teve a impressão de que foi o Sol que parou. O sentido é figurado. Do mesmo modo que quando nos afastamos do porto, num navio, temos a impressão de que é a terra que foge de nós.

BRANCA

Tudo é então uma questão de interpretação. Depende da posição em que a gente se encontra. Isto me deixa ainda mais intranquila.

AUGUSTO

Por quê?

BRANCA

Se um texto da Sagrada Escritura pode ter duas interpretações opostas, então o que não estará neste mundo sujeito a interpretações diferentes?

AUGUSTO

Por que você se preocupa com isso?

BRANCA

Porque ninguém pode viver assim. *(Repentinamente, como para pô-lo à prova.)* Você sabe que eu já colei minha boca na boca de um homem?

AUGUSTO

Que homem?

BRANCA

Padre Bernardo. Ele estava sufocado, depois do afogamento, e eu tive de colar a minha boca na dele, para fazer chegar um pouco de ar aos seus pulmões. *(Fita o noivo corajosamente.)* Nós nunca nos beijamos na boca e eu fui obrigada a beijar um estranho.

AUGUSTO

(Evidentemente chocado com a revelação.) Por que você não me contou isso antes?

BRANCA

Porque até hoje ainda não havia pensado que o meu gesto podia ser interpretado de outro modo.

AUGUSTO

Você acha que era absolutamente necessário fazer o que fez?

BRANCA

Acho.

AUGUSTO

Ele morreria, se não o fizesse?

BRANCA

Quem sabe? Talvez não. Mas foi com o intuito de salvá-lo que o fiz. Só com esse intuito. Estou lhe dizendo isto agora para saber se você acredita em mim.
Ele não responde. Sua perturbação é evidente.

BRANCA

Em sua opinião, eu continuo pura como antes?

AUGUSTO

(Pausa.) Eu preferia que isso não tivesse acontecido.

BRANCA

Então é porque você não acredita na pureza do meu gesto.

AUGUSTO

(Rápido.) Não, não...

BRANCA

Ou porque tem dúvidas.

AUGUSTO

Não tenho dúvidas. Mas ninguém gostaria que a mulher que ama beijasse outro homem, mesmo sendo esse homem um Padre e o beijo apenas um gesto de humanidade. Aceito e compreendo a nobreza de seu gesto, mas ele me choca.

BRANCA

Você o aceita, mas não o compreende — esta é que é a verdade. Porém, não é isto o que mais me preocupa. É verificar que hoje eu não seria capaz de um gesto desses. Se visse um homem morrendo, com falta de ar, eu o deixaria morrer. Não colaria a minha boca na dele, não lhe daria o ar dos meus pulmões, porque isso poderia ter outra interpretação. Porque tanto Josué pode ter parado o Sol, como pode ter parado a Terra. Tudo depende de saber se estamos do lado do Sol ou do lado da Terra.

AUGUSTO

Branca, eu sei que você continua tão pura quanto antes...

BRANCA

E você sabe que o Diabo prefere os puros?

AUGUSTO

Eu confio em você, Branca.

BRANCA

Mas não deve. Meu pai me disse que estamos sempre sob suspeita. Eu mesma lhe confessei há pouco que já me sentia capaz de recusar a um moribundo o ar dos meus pulmões. Alguém que se sente capaz disso deve estar mesmo sob vigilância constante, porque não é pessoa em quem se possa confiar.

AUGUSTO

(Segura-a pelos braços, como para chamá-la a si.) Branca, não fale assim. Você está sendo injusta consigo mesma.

BRANCA

Não, não estou. É que começo a me conhecer. E estou descobrindo coisas... Coisas que não descobri nem mesmo nos livros que você me deu. Padre Bernardo talvez tenha razão...

AUGUSTO

(Com desagrado.) Padre Bernardo!

BRANCA

Sim, Padre Bernardo deve ter razão, toda criatura humana está em perigo!

AUGUSTO

Não você, Branca!

BRANCA

Sim, eu, eu sim! *(Atira-se nos braços dele e faz-se pequenina, pedindo proteção.)* Augusto, não podemos esperar até setembro!

AUGUSTO

Por quê?

BRANCA

Não me pergunte, eu não saberia responder. Só sei que o mundo, que me parecia tão simples, começa a ficar muito complicado para mim. Eu mesma já não me entendo... nos seus braços eu me sinto segura.

AUGUSTO

Em setembro, você virá de vez para os meus braços, virá de vez...

BRANCA

Não, não me deixe desamparada até lá! Eu não posso esperar tanto!

AUGUSTO

Você acha que seu pai concordaria? Ele mandou buscar o seu enxoval na Europa...

BRANCA

O enxoval chegaria depois, isso não tem importância.

AUGUSTO

Ele vai ficar sentido.

BRANCA

Eu falo com ele, explico... o que eu não posso é ficar por mais tempo na mira do Diabo!

AUGUSTO

(Num gesto brusco, puxa-a para si e beija-a na boca. Um beijo violento, desesperado, que é interrompido também bruscamente.) Foi assim que você o beijou?

BRANCA

(Com horror.) Não!
Augusto sai. Branca fica só. Pensativa, agacha-se e põe-se a seguir com os olhos um caminho de formigas.

PADRE

(Entra.) Branca...

BRANCA

(Já não revela a mesma espontaneidade diante dele.) Padre...

PADRE

(Mais como uma queixa do que como uma censura.) Nunca mais foi à missa, nunca mais confessou-se, nunca mais me procurou, por quê?

BRANCA

(Evasiva.) Por nada. Tenho estado muito ocupada.

PADRE

Com suas formigas?

BRANCA

Não são também criaturas de Deus?

PADRE

São seres daninhos, que somente destroem, que somente trabalham em seu próprio benefício e cuja existência nenhum bem, nenhuma utilidade representa.

BRANCA

Se Deus deu às formigas o benefício da vida, elas têm o direito de conservá-lo, não acha? Da maneira que Deus ensinou.

PADRE

Elas não sabem distinguir entre o bem e o mal. Ao passo que nós temos a obrigação de sabê-lo.

BRANCA

Não é tão fácil como eu julgava.

PADRE

Já percebi que você tem certa dificuldade. Por isso estou aqui novamente.

BRANCA

Nunca mais fui procurá-lo porque, como já lhe disse, tenho andado muito atarefada. Com o meu casamento.

PADRE

Não é em setembro?

BRANCA

Não, resolvemos apressá-lo.

PADRE

Não sabia de nada.

BRANCA

É verdade, devíamos ter falado com o senhor, que é quem vai oficiar a cerimônia.

PADRE

(Há uma pausa um tanto longa, que traduz a atual dificuldade de comunicação entre eles.) Há alguma razão especial que justifique a pressa?

BRANCA

O senhor disse: ninguém pode aceitar o Demônio como companheiro de mesa. Casada, terei o meu marido à cabeceira e o Demônio não ousará sentar-se ao nosso lado.

PADRE

Seu marido talvez o convide…

BRANCA

Não creio. Conheço Augusto e confio nele como confio em Deus.
O Padre se choca com a frase. Ela percebe.

BRANCA

Disse alguma coisa errada?

PADRE

Lamentavelmente.

BRANCA

Perdoe-me...

PADRE

Não é a mim que você deve pedir perdão, é a Ele, de quem você se afasta cada vez mais.

BRANCA

(Protesta com veemência.) Não! Isso não é verdade!

PADRE

A ponto de colocá-Lo em pé de igualdade com um simples mortal. Amanhã O colocará em situação inferior; e, por fim, O substituirá inteiramente.

BRANCA

O senhor não pode falar assim só porque eu disse uma tolice.

PADRE

Não me esqueci de sua frase, na beira do rio, quando nos conhecemos: "É no amor que a gente se encontra com Deus." Sim, mas não nesse tipo de amor que você tem por Augusto. Isto é que eu quero que você entenda, Branca. Seu espírito está cheio de confusões.

BRANCA

É possível. Para mim, tudo é amor. E todo amor é uma prova da existência de Deus.

PADRE

Neste caso, está em comunhão com Deus quem ama um cão, ou adora uma vaca. E tanto é justo adorar um Deus verdadeiro como um deus falso.

BRANCA

Se somos sinceros em nossos sentimentos — isto é que Deus deve considerar em primeiro lugar.

PADRE

Mas os judeus e os mouros também são sinceros em sua lei e em sua religião. Acha você que eles podem se salvar, como os cristãos?
Ela, atônita, sentindo que caiu numa armadilha, não sabe o que responder.

PADRE

Responda, Branca. Os judeus e mouros podem salvar-se?

BRANCA

Não sei... Confesso que não sei...

PADRE

(Olha-a com imensa ternura e piedade.) Pobre Branca. Como precisa de quem a ajude.

BRANCA

(Numa queixa.) Mas o senhor não tem ajudado em nada, Padre. O senhor só tem lançado a dúvida em meu espírito.

PADRE

Essa dúvida é a luta entre a luz e as trevas. Eu lhe trago a luz, mas você resiste. Abandone-se, Branca, abandone-se a mim e eu dissiparei todas as dúvidas que a atormentam.

BRANCA

Não, Padre, não.

PADRE

(Choca-se com a recusa.) Por que recusa?

BRANCA

Preferia que me deixasse com as minhas dúvidas, as minhas tolices, e os meus perigos e tentações. Sei que o senhor quer salvar-me, mas eu me salvarei por mim mesma.

PADRE

E se não se salvar? Eu terei a culpa.

BRANCA

Não.

PADRE

Sim, porque a abandonei. Porque não cumpri o meu dever de sacerdote, nem mesmo o mais elementar dever de gratidão. Não é só você quem está em causa, Branca. Eu, seu confessor, sou a um tempo seu guia, seu mestre, seu conselheiro, seu amigo, seu irmão. Queria que você visse em mim todas essas pessoas e se confiasse a elas, como a gente se confia a uma sólida ponte sobre o abismo. Eu sou essa ponte, Branca, que pode transportá-la de um lado para o outro, com segurança.

BRANCA

(As palavras do Padre a abalam um pouco.) Eu sei... eu confio também no senhor.

PADRE

Confia mesmo?

BRANCA

Confio. *(Consegue reagir.)* Mas não vejo necessidade de atravessar nenhuma ponte, de mudar de lado. Eu estou bem onde estou e acho que estamos do mesmo lado.

PADRE

(Começa a experimentar o sabor do próprio fracasso.) Não sei, Branca, não sei... Às vezes temo que você não esteja apenas confusa, não esteja apenas inconsciente dos perigos que corre. Que não seja por pura inocência que se deixa tentar...

BRANCA

Como? Não entendo!

PADRE

Temo, sinceramente, que o Diabo tenha avançado demais...

BRANCA

Padre!

PADRE

Temo por você, como temo por mim, Branca. Acredite! *(Ela sente que ele arrancou essas palavras da própria carne, rompendo barreiras que até então haviam resistido.)*

BRANCA

(Timidamente.) O senhor também se julga em perigo?
Ele não responde. Cerra os olhos, como se procurasse recompor-se intimamente. Por fim, avança para ela e põe-lhe a mão sobre a cabeça, escorregando-a depois, lentamente, pelo rosto, como fazem os judeus para abençoar as crianças. Branca ri.

PADRE

Por que se riu?

BRANCA

O senhor agora me fez lembrar o meu avô. Quando eu era pequena, ele costumava pôr a mão na minha cabeça e escorregá-la pelo meu rosto, como o senhor fez agora.

PADRE

Seu avô, fale-me dele.

BRANCA

Oh, era um bom homem. Me levava para chupar cajus na roça, depois fazia um enorme colar com as castanhas, pendurava no meu pescoço e dizia: "Branca, és mais rica do que a rainha de Sabá!" *(Ri.)* Eu não sabia quem era essa rainha de Sabá, e só a imaginava então cheia de colares de castanhas-de-caju em volta do pescoço.

PADRE

(Olha-a com tristeza e preocupação.) Que mais?

BRANCA

Não me lembro de muitas coisas mais. Eu tinha seis anos quando ele morreu.

PADRE

Lembra-se desse dia?

BRANCA

Não gosto de me lembrar. Foi o meu primeiro encontro com a morte. Toda vez que me recordo, sinto a mesma coisa...

PADRE

Quê?

BRANCA

Um cheiro ativo de azeitonas e um frio aqui acima do estômago. Mas nunca vou poder esquecer... era um velho cheio de manias. Pediu que botassem uma moeda na sua boca, quando morresse.

PADRE

E cumpriram a sua vontade?

BRANCA

Sim, meu pai me deu uma pataca e eu coloquei sobre seus lábios.

PADRE

(Murmura.) Virgem Santíssima!

BRANCA

(Estremece e treme.) Fiz mal?

Padre Bernardo, ereto, cabeça levantada, leva as mãos em garras ao rosto, escorrega-as pelo pescoço, até o peito, como se dilacerasse a própria carne, num gesto de suprema angústia.

PADRE

Branca, o Visitador da Santa Inquisição acaba de decretar um tempo de graça. Durante quinze dias os pecadores que espontaneamente confessarem as suas faltas e convencerem o Inquisidor da sinceridade de seu arrependimento receberão somente penitências leves.

BRANCA

Por que está me dizendo isso?

PADRE

Para que você medite e se aproveite da misericórdia do Tribunal do Santo Ofício.

Muda a luz. O Padre sai. O Visitador surge no plano mais elevado, desenrola um edital e lê. Branca, Simão e Augusto, em planos inferiores, escutam atentamente. Também o Notário e dois Guardas.

VISITADOR

(Lendo.) "Por mercê de Deus e por delegação do Inquisidor-mor em estes reinos e senhorios de Portugal, eu, Visitador do Santo Ofício, a todos faço saber que, num prazo de quinze dias, devem os culpados de heresia ou que souberem que outrem o está vir declarar a verdade. Os que assim procederem ficarão isentos das penas de morte, cárcere perpétuo, desterro e confisco. E para que as sobreditas cousas venham à notícia de todos e delas não possam alegar ignorância, mando passar a presente carta para ser lida e publicada neste lugar e em todas as Igrejas desta cidade e uma légua em roda. Dada na cidade da Paraíba, aos dezoito do mês de julho, do ano do nascimento de Nosso Senhor Jesus Cristo de 1750."

Muda a luz. Sai Augusto. O Visitador desce ao plano inferior. É um bispo. O Notário vem reunir-se a ele. Os dois percorrem toda a cena com os olhos perscrutadores, detalhadamente, como se estivessem fazendo uma vistoria. Simão e Branca assistem, um tanto intimidados.

VISITADOR

Desculpem, é uma tarefa bastante desagradável, mas somos obrigados a cumpri-la.

NOTÁRIO

É o nosso dever.

SIMÃO

(Mais intimidado do que Branca.) Estejam à vontade... Nós entendemos perfeitamente.

BRANCA

Quem ainda não entendeu nada fui eu. Afinal, que é que os senhores procuram? Somos católicos, nada temos em nossa casa que possa ofender a Deus ou à Santa Madre Igreja.

VISITADOR

(Enigmático.) Recebemos uma denúncia. Temos de apurar.

SIMÃO

Denúncia contra nós? Absurdo.

BRANCA

Quem nos denunciou?

VISITADOR

O Tribunal do Santo Ofício não permite revelar o nome dos denunciantes.

SIMÃO

Deve ter havido um equívoco.

VISITADOR

A única maneira de saber se há equívoco ou se há fundamento é investigar.

SIMÃO

Sim, isto parece lógico...
Notário sai, com os Guardas.

BRANCA

Não acho. É lógico que se procure entre os cristãos os inimigos do cristianismo?

VISITADOR

Houve uma denúncia.

BRANCA

De que nos acusam?

VISITADOR

De alguma coisa.
O Notário e os Guardas entram com uma enorme bacia.

NOTÁRIO

Senhor Visitador!

VISITADOR

Que é isso?

NOTÁRIO

Uma bacia.

BRANCA

É pecado ter em casa uma bacia?

NOTÁRIO

A bacia contém um líquido.

SIMÃO

É água!

NOTÁRIO

Estou vendo que é água... Mas a cor da água...
O Visitador examina detidamente a água, molha as pontas dos dedos.

NOTÁRIO

Vossa Reverendíssima se arrisca... Ninguém sabe o que há nessa água!

VISITADOR

(Enxuga a mão.) Sim, a cor indica que a água levou algum preparado...

NOTÁRIO

Algum pó mirífico para invocação do Diabo!

SIMÃO

Vossas Excelências me perdoem, mas o único pó que há aí é o pó das estradas, de vinte léguas no lombo dum burro.

VISITADOR

Como?

SIMÃO

Acabei de tomar banho nessa bacia...

VISITADOR

Acabou de tomar banho... hoje, sexta-feira?

SIMÃO

Cheguei de viagem, empoeirado...

VISITADOR

Também trocou de roupa?

SIMÃO

Também; a outra estava imunda.

VISITADOR

Hoje, sexta-feira.

NOTÁRIO

Hoje, sexta-feira.

VISITADOR

(Para o Notário.) Leve daqui esta bacia.
O Notário e os Guardas saem com a bacia.

SIMÃO

Foi uma coincidência!

VISITADOR

Estranha.

SIMÃO

Cheguei suado, cheio de poeira...

BRANCA

Há alguma lei que proíba alguém de tomar banho?
Notário entra com um candeeiro.

VISITADOR

Mudaram a mecha?

NOTÁRIO

Não, parece que não mudaram.

VISITADOR

(*Examina a mecha do candeeiro.*) Também ainda não acenderam. Que horas são?

NOTÁRIO

Quase seis.

VISITADOR

(*Para Simão.*) Isto será anotado em favor de vocês. Sexta-feira, quase seis da tarde. Candeeiro apagado. Mecha velha.
Notário sai com o candeeiro.

BRANCA

Se querem, podemos pôr mecha nova...

SIMÃO

(*Apressadamente.*) Não, não! Nunca mudamos a mecha do candeeiro às sextas-feiras. Vossa Reverendíssima viu, a mecha está velha, estragada, há um mês que não mudamos. Também não jejuamos aos sábados, nem trabalhamos aos domingos. Somos conhecidos em toda essa região e todos podem dizer quem somos. Tudo não deve passar de um mal-entendido, ou maldade de alguém que quer nos prejudicar.

VISITADOR

Se for, nada têm a temer. A visitação do Santo Ofício lhes garante misericórdia e justiça. Não desejamos servir a vinganças mesquinhas, mas precisamos ser rigorosos com os inimigos da fé cristã. Temos de destruí-los, pois do contrário eles nos destruirão.

NOTÁRIO

(*Entra com a pilha de livros. Como se encontrasse uma bomba.*) Livros!

BRANCA

Meus livros! São meus! Que vai fazer com eles?

VISITADOR

Sabe ler?

BRANCA

Sei.

VISITADOR

Por quê?

BRANCA

Porque aprendi.

VISITADOR

Para quê?

BRANCA

Para poder ler.

VISITADOR

Mau.

BRANCA

Não são livros de religião, são romances, poesias...

NOTÁRIO

Amadis de Gaula! (Passa o livro ao Visitador.)

VISITADOR

Amadis!

BRANCA

Estórias de cavalaria. Me emocionam muito.

NOTÁRIO

As Metamorfoses. (Passa o livro ao Visitador.)

VISITADOR

Ovídio. Mitologia. Paganismo.

NOTÁRIO

Eufrósina. (Repete o jogo.)

VISITADOR

Também!

NOTÁRIO

E uma Bíblia — em português!

VISITADOR

Em português!?

BRANCA

Foi meu noivo quem me trouxe de Lisboa. Vejam que tem uma dedicatória dele para mim.

VISITADOR

Estou vendo...

BRANCA

Fiquei muito contente porque, como não sei ler latim, pude ler a Bíblia toda e já o fiz várias vezes.

VISITADOR

(Entrega os livros ao Notário.) Todos esses livros são reprovados pela Igreja; vamos levá-los.

BRANCA

Também a Bíblia?!

NOTÁRIO

Em linguagem vernácula!

BRANCA

Mas é a Bíblia!

VISITADOR

Em linguagem vernácula.
Saem o Visitador, o Notário e os Guardas. Há uma grande pausa, como se eles tivessem cavado um enorme precipício diante de Branca e Simão, que se olham perplexos.

BRANCA

Por quê?...

SIMÃO

Como?...

BRANCA

Quem?...

SIMÃO

Em linguagem vernácula. *(Depois de uma pausa, volta-se contra ela.)* Eu bem lhe disse... eu bem que me opus sempre... Esses livros — para quê? Uma moça aprender a ler — para quê? Que ganhamos com isso? Estamos agora marcados. *(Sai.)*
Muda a luz. Padre Bernardo surge no plano superior.

BRANCA

Foi o senhor!

PADRE

Não, Branca, não fui eu. Deus poupou-me esse penoso dever.

BRANCA

Quem foi, então?

PADRE

O Tribunal não revela o nome dos denunciantes.

BRANCA

O Tribunal?...

PADRE

Você agora vai ter de comparecer ante ele. Melhor seria que tivesse ido espontaneamente, aproveitando os dias de graça.

BRANCA

Mas por que iria? Que fiz eu?!

PADRE

Talvez eles lhe digam.

BRANCA

Eles, quem?!

PADRE

Os seus inquisidores. Pobre de você, que terá de comparecer ante eles, sem reconhecer os próprios erros; pobre de mim, que estarei entre eles e terei de julgá-la.

BRANCA

Mas não... eu não irei... não irei... *(Corre para a direita, mas aí surge um Guarda que lhe barra a fuga; corre para a esquerda e aparece outro Guarda, que a obriga a retroceder.)*

PADRE

É inútil, Branca. Perdeu sua liberdade, pelo mau uso que fez dela. Melhor para você que não tente fugir e se entregue à misericórdia dos seus juízes. Eles tudo farão para salvá-la.

BRANCA

(Encolhe-se, no centro da cena, pequenina, esmagada, perplexa.) Meu Deus! Eu não entendo!... Eu não entendo!...
Uma enorme grade, tomando toda a boca da cena, desce lentamente.
As luzes se apagam em resistência.

Segundo Ato

BRANCA

(Deitada de bruços, atrás da grade. Sua atitude revela abandono e perplexidade. Há um longo silêncio, antes que ela comece a falar.) Se ao menos eu pudesse ver o sol... *(Pausa.)* Será que é essa a melhor maneira de salvar uma criatura que está na mira do Diabo? Tirar-lhe o sol, o ar, o espaço e cerceá-la de trevas, trevas onde o Diabo é rei? *(Dirige-se à plateia.)* Veem vocês o que eles estão fazendo comigo? Estão me encurralando entre o Cão e a parede. Será que foi para isso que me prenderam aqui e me tiraram o sol, o ar, o espaço? Para que eu não pudesse fugir e tivesse de enfrentar o Diabo cara a cara. É justo, senhores, que para me livrar dele me entreguem a ele, noites e noites a sós com ele, sem saber por quê, nem até quando, sem uma explicação, uma palavra, uma palavra, ao menos. Não sei... não sei o que eles pretendem. Já não entendo mesmo o que eles falam. Deve ter havido um equívoco. Não sou eu a pessoa... Há alguém em perigo e que precisa ser salvo, mas não sou eu! É preciso que eles saibam disso! Houve um equívoco! *(Grita.)* Senhores! Guardas! Senhores Padres! Venham aqui!

GUARDA

(Entra.) Que algazarra é essa? Estamos num convento.

BRANCA

Houve um equívoco! Não sou eu a pessoa!

GUARDA

Que pessoa?

BRANCA

A que procuram.

GUARDA

Procuram alguém?

BRANCA

Claro.

GUARDA

Claro por quê?

BRANCA

Tanto que me prenderam.

GUARDA

E por que prenderam você?

BRANCA

Não sei.

GUARDA

Devia saber. Isso piora a sua situação.

BRANCA

Piora? O senhor sabe por que estou aqui?

GUARDA

Não.

BRANCA

Então é uma prova! O senhor é quem devia saber!

GUARDA

Por que eu devia saber?

BRANCA

Porque é Guarda.

GUARDA

Não diga tolices. Os denunciantes denunciam, os juízes julgam, os Guardas prendem, somente. O mundo é feito assim. E deve ser assim, para que haja ordem.

BRANCA

E os inocentes?

GUARDA

Devem provar a sua inocência, de acordo com a lei.

BRANCA

Mas não está certo.

GUARDA

Se não está certo, não me cabe a culpa. Sou Guarda. E não foram os Guardas que fizeram o mundo. *(Sai.)*

BRANCA

Está errado... Cada pessoa conhece apenas uma parte da verdade. Juntando todas as pessoas, teríamos a verdade inteira. E a verdade inteira é Deus. Por isso as pessoas não se entendem, por isso há tantos equívocos.

PADRE

(*Entra.*) Infelizmente, não há equívoco nenhum de nossa parte, Branca. É você mesma quem está em perigo. Mas poderá salvar-se.

BRANCA

Como? Se me deixam aqui, sozinha, abandonada... O senhor mesmo, Padre, o senhor me abandonou!

PADRE

(*Ele sente profundamente a acusação.*) Não diga isso! Eu tenho rezado muito... E não tenho me afastado daqui, das proximidades de sua cela. À noite, tenho passado horas e horas andando no corredor, até sentir-me exausto e poder dormir.

BRANCA

Por que precisa fazer isso? Por que precisa se martirizar desse modo?

PADRE

(*Exterioriza o seu conflito interior.*) Sou tão responsável quanto você pelos seus erros.

BRANCA

Oh, não, o senhor não tem culpa de nada. Se pequei, devo pagar sozinha pelos meus pecados.

PADRE

Agora já é impossível. Tudo o que lhe acontecer, me acontecerá também. Sua punição será a minha punição, embora a sua salvação não importe na minha salvação.

BRANCA

Não entendo. Se o senhor não pode ajudar-me, quem poderá? Para quem devo apelar, além de Deus? Meu pai? Meu noivo?

PADRE

Também eles nada poderão fazer por você; ambos foram presos.

BRANCA

Presos? Por quê?

PADRE

O Visitador do Santo Ofício promulgou um tempo de graça. Aqueles que não se aproveitaram desse gesto misericordioso não só para confessar-se, mas também para denunciar as heresias de que tinham conhecimento, deverão comparecer perante o Tribunal.

BRANCA

Mas eles...

PADRE

Além de culpados de pequenas heresias, são testemunhas importantes do seu processo.

BRANCA

Testemunhas de quê?

PADRE

Deviam saber que você estava sendo tentada pelo Diabo.

BRANCA

Não, eles não sabiam! Se nem eu sabia!

PADRE

Deviam ter denunciado você ao Santo Ofício.

BRANCA

Denunciado? Meu pai? Meu noivo?

PADRE

Os laços familiares ou sentimentais não podem ser colocados acima dos deveres que assumimos com a religião, no momento do batismo. Por mais que isso nos custe, às vezes.

BRANCA

Presos... Meu pai e também Augusto. Estou só, então!

PADRE

Não, Branca, você não está só, porque está entregue à misericórdia da Igreja.

BRANCA

Que vai a Igreja fazer comigo?

PADRE

Inicialmente, protegê-la; depois, tentar recuperá-la; finalmente, julgá-la.

BRANCA

Quando será isso? Já que tenho de ir, por que não me vêm logo buscar?

PADRE

Eu vim buscá-la.

BRANCA

O senhor? *(Ante a perspectiva, ela treme um pouco.)* Agora?

PADRE

É preciso que você entenda... Sou um simples soldado da Companhia de Jesus. Estou sujeito a uma disciplina e devo cumprir ordens. Muitas vezes, do lado do inimigo há um irmão nosso; mas do nosso lado está o Cristo, que é nosso capitão. Devemos obedecer-Lhe, porque Ele tem o comando supremo.

BRANCA

Compreendo.

PADRE

Podemos ir?

BRANCA

Podemos.

PADRE

Não quer preparar-se espiritualmente?

BRANCA

Estou preparada.

PADRE

Reze um ato de esperança. Repita comigo: eu espero, meu Deus, com firme confiança...

BRANCA

(Mãos entrelaçadas sobre o peito.) Eu espero, meu Deus, com firme confiança...

PADRE

... que pelos merecimentos de meu Senhor Jesus Cristo...

BRANCA

... que pelos merecimentos de meu Senhor Jesus Cristo...
Sobe a grade.

PADRE

(Começam a movimentar-se, como a caminho do Tribunal.) ... me dareis a salvação eterna...

BRANCA

... me dareis a salvação eterna...

PADRE

... e as graças necessárias para consegui-la...

BRANCA

... e as graças necessárias para consegui-la...

PADRE

... porque Vós, sumamente bom e poderoso...

BRANCA

... porque Vós, sumamente bom e poderoso...

PADRE

... o haveis prometido a quem observar fielmente os Vossos mandamentos...

BRANCA

... o haveis prometido a quem observar fielmente os Vossos mandamentos...

PADRE

... como eu proponho fazer com Vosso auxílio.

BRANCA

... como eu proponho fazer com Vosso auxílio.
Muda a luz. Surge o Visitador no plano superior. O Padre e Branca ficam no plano inferior. Entram também o Notário e quatro Padres, que se colocam nas laterais, enquanto o Guarda surge e permanece ao fundo.

VISITADOR

Ajoelhe-se.

BRANCA

Ajoelhar-me diante de vós? Com ambos os joelhos?

VISITADOR

Sim, com ambos os joelhos.

BRANCA

Perdão, mas não posso fazer isso.

VISITADOR

Por que não?

BRANCA

Porque ninguém deve ajoelhar-se diante de uma criatura humana.

NOTÁRIO

E essa agora! Perdeu a cabeça? Não vê que está diante do Visitador do Santo Ofício, representante do Inquisidor-mor?

PADRE

Um momento, senhores. Ela talvez tenha motivos que devamos considerar. *(Dirige-se a Branca com brandura.)* Por que diz isso?

BRANCA

Foi o que aprendi na doutrina cristã: somente diante de Deus devemos nos ajoelhar com ambos os joelhos.

PADRE

Na verdade, ela tem razão. Dos três cultos — a latria, hiperdulia e dulia —, deve-se dar somente a Deus o culto da latria, no que se compreende ajoelhar com ambos os joelhos.

BRANCA

Sempre soube que era pecado!

VISITADOR

Aqui se trata de um costume do Tribunal. O réu deve estar de joelhos quando é examinado sobre a doutrina e também quando é lida a sentença.

BRANCA

Mas se foi nessa mesma doutrina que aprendi que não devo ajoelhar-me...

VISITADOR

(Impacienta-se.) Bem, vamos abrir uma exceção. Pode ficar de pé.

NOTÁRIO

(Apresenta-lhe os Evangelhos.) Jura sobre os Evangelhos dizer toda a verdade?

BRANCA

(Hesita.) Toda a verdade? Como posso prometer dizer toda a verdade, se nem sequer sei sobre o que vão interrogar-me? Não tenho a sabedoria dos Padres jesuítas, sou uma pobre criatura ignorante.

NOTÁRIO

(Tem um gesto de contrariedade.) Mas tem de jurar. É praxe.

BRANCA

Jurar o que não sei se vou poder cumprir?

NOTÁRIO

Se não jura, não tem valor o depoimento.

PADRE

Branca, só se exige que você diga a verdade que for de seu conhecimento.

BRANCA

Bem, se é assim... *(Coloca a mão sobre o livro.)*

NOTÁRIO

Jura?

BRANCA

Juro.

VISITADOR

Não se justifica, Branca, sua prevenção contra este Tribunal. Nenhum de nós deseja a sua condenação, acredite. Ao contrário, o que queremos é tentar ainda salvá-la, recuperá-la para a Igreja. Tudo faremos para isso. E será sempre nesse sentido que orientaremos este inquérito, no sentido da misericórdia.

BRANCA

Misericórdia. Mas é um ato de misericórdia deixar uma pessoa dias e dias encerrada numa cela sem luz e sem ar, sem ao menos lhe dizer por quê, de que a acusam?

O Notário tem um gesto de contrariedade, enquanto o Padre Bernardo acompanha as reações de Branca em crescente angústia.

VISITADOR

Você conhece as obras de misericórdia?

BRANCA

Conheço.

VISITADOR

Recite em voz alta.

BRANCA

Dar de comer a quem tem fome; dar de beber a quem tem sede; vestir os nus; dar pousada aos peregrinos; visitar os enfermos e os encarcerados; remir os cativos; enterrar os mortos; dar bom conselho; ensinar os ignorantes; consolar os aflitos; perdoar as injúrias; sofrer com paciência as fraquezas do próximo; rogar a Deus pelos vivos e defuntos.

VISITADOR

Você saltou uma: castigar os que erram.

BRANCA

É verdade. Desculpe-me.

VISITADOR

Sim, Branca, castigar os que erram é uma obra de misericórdia.

BRANCA

E começam logo a castigar-me; isto quer dizer que já me consideram culpada antes de ouvir-me.

PADRE

Você ainda não sofreu nenhum castigo, Branca; a prisão é uma medida exigida pelo processo.

NOTÁRIO

Essa medida foi tomada com base nas denúncias e provas que temos contra ela.

BRANCA

Denúncias e provas? De quê?

VISITADOR

De heresia e prática de atos contra a moralidade.

BRANCA

(Mostra-se perturbada com a acusação.) Heresia... Atos contra a moralidade... Talvez essas palavras tenham outra significação para os senhores. Pelo que eu entendo que querem dizer, não posso, de modo algum, aceitar a acusação.

O Notário tem um gesto de reprovação.

PADRE

Branca, pense bem no que está fazendo, meça com cuidado suas palavras e atitudes. Como disse o senhor Bispo, estamos aqui para tentar reconciliá-la com a fé. Mas isso depende muito de você.

BRANCA

Mas, que querem? Que eu me considere uma herege, sem ser?

PADRE

De nada lhe adiantará negar-se a reconhecer os próprios pecados. Essa atitude só poderá perdê-la.

NOTÁRIO

Parece que é isso que ela está querendo.

VISITADOR

Um momento, senhores. Sejamos pacientes. Creio que ela não estava suficientemente preparada para esta inquirição. O Padre Bernardo não a visitou no cárcere durante esses dias?

PADRE

(Sente-se que o sangue lhe sobe ao rosto.) Não... visitei-a hoje.

VISITADOR

Hoje, somente?

PADRE

Julguei que não fosse necessário.

VISITADOR

Necessário ou não, é a maneira de proceder do Santo Ofício.
O Padre sente profundamente a repreenda. E, ao perceber que Branca tem os olhos nele, baixa o rosto, envergonhado.

VISITADOR

Branca, estamos aqui para ajudá-la. Mas é preciso também que você nos ajude, a nós que temos por ofício defender a fé.

BRANCA

Não creio, senhor, que esteja no momento em condições de ajudar a quem quer que seja, mas no que depender de mim...

VISITADOR

A Igreja, Branca, a sua Igreja, está diante de um perigo crescente e ameaçador. Toda a sociedade humana, a ordem civil e religiosa, construída com imensos esforços, toda a civilização e cultura do Ocidente estão ameaçadas de dissolução.

BRANCA

E sou eu, senhor, sou eu a causa de tanta desgraça?!

VISITADOR

Não é você, isoladamente; são milhares que, como você, consciente ou inconscientemente, propagam doutrinas revolucionárias e práticas subversivas. Está aí o protestantismo, minando os alicerces da religião de Cristo. Estão aí os cristãos-novos, judeus falsamente convertidos, mas secretamente seguindo os cultos e a lei de Moisés.

BRANCA

Se alguém converteu-se, sem estar de fato convicto, é que foi obrigado a isso pela força. *(Repete as palavras do pai.)* O ódio não converte ninguém.

PADRE

(Agora fala com mais rigor para com ela.) É uma acusação injusta e falsa. Nunca empregamos a força para converter ninguém.

BRANCA

Meu avô foi convertido à força.

PADRE

E isso não isenta ninguém de culpa. Se o ódio não converte, também o medo, a covardia ou a hipocrisia não absolvem.

VISITADOR

É verdade, Branca. Não devemos usar a força para converter, mas devemos ser rigorosos com os convertidos. Quem assumiu, no batismo, o compromisso de conservar a fé, de ser membro da Igreja e da cristandade até a morte, contraiu obrigações inalienáveis. E as autoridades eclesiásticas têm o direito e o dever de exigir o cumprimento dessas obrigações.

BRANCA

Estou de acordo.

NOTÁRIO

(Com ar zombeteiro.) Ora viva! Enfim ela está de acordo com alguma coisa!

VISITADOR

Alegro-me por ver que entendeu os motivos da instituição do Tribunal do Santo Ofício e das visitações que o Inquisidor-mor ordenou para o Brasil.

BRANCA

Isto eu entendi; o que não entendo é por que estou aqui. Não fui convertida, nasci cristã e como cristã tenho vivido até hoje. Cristãos de nascimento são também meu pai e meu noivo, que também estão presos, afastados de mim. Na verdade, senhores, não entendo coisa alguma.
 O Visitador faz um sinal ao Padre Bernardo, cedendo-lhe a palavra.

PADRE

(É para ele uma ingrata tarefa. Sua autossuspeição o leva, às vezes, durante o interrogatório, a exceder-se em rigor e no tom da acusação, para cair, em seguida, numa ternura e num calor humano que o redimem e o traem.) Branca, há um gesto que seu avô costumava fazer quando você era criança. Você me disse, lembra-se?

BRANCA

Lembro-me.

PADRE

Pode repetir aqui esse gesto?

BRANCA

Posso, mas... precisaria fazê-lo em alguém. Posso fazê-lo no senhor?

PADRE

(Fica um pouco constrangido, mas concorda.) Pode.
Branca faz a bênção judaica. O Visitador e o Notário trocam olhares significativos.

BRANCA

Era assim. Mas o que tem isso?

PADRE

Você me disse também que não gostava de lembrar o dia da morte de seu avô. E toda vez que o fazia tinha a impressão de sentir aquele mesmo cheiro marcante e peculiar. Quer repetir que cheiro era esse?

BRANCA

Cheiro de azeitonas.
Novamente o Visitador e o Notário trocam olhares significativos.

PADRE

Nesse dia, seu pai lhe deu uma pataca e mandou que você a pusesse sobre os lábios de seu avô.

BRANCA

Ele mesmo havia pedido, antes de morrer.

PADRE

(Mais severo.) E você fez o que seu pai mandou.

O Visitador e o Notário deixam escapar um "Oh!" de horror. Os Padres também se escandalizam.

BRANCA

(Atônita, sem entender o significado e muito menos a gravidade de tudo aquilo.) Eu era uma criança... faria tudo que me mandassem... agora mesmo eu o faria, se alguém me pedisse!

NOTÁRIO

(Horrorizado.) Agora mesmo?!

PADRE

(Temendo por ela.) Branca!

BRANCA

Acho que é uma coisa idiota alguém querer que lhe ponham uma moeda sobre os lábios quando morrer, mas todo desejo de um moribundo é um desejo sagrado!

VISITADOR

Acho que ela não sabe, realmente, o que está dizendo.

BRANCA

O que eu não sei é aonde os senhores querem chegar com essa estória de meu avô, patacas e azeitonas.

VISITADOR

Aquele gesto que você fez há pouco, é como os judeus abençoam as crianças.

NOTÁRIO

Quando morre alguém, eles passam a noite comendo azeitonas!

PADRE

A pataca que você pôs na boca de seu avô era para ele pagar a primeira pousada, segundo a crença judaica.

VISITADOR

Tudo isto quer dizer, Branca, que seu avô, cristão-novo, continuava fiel aos ritos judaicos. E que os praticava em sua própria casa.

BRANCA

É possível. Se o batizaram à força, era justo...

NOTÁRIO

Era justo?!
Reação dos Padres.

VISITADOR

Cuidado com as palavras, Branca!

BRANCA

Uma pessoa deve ser fiel a si mesma, antes que tudo. Fiel à sua crença.

PADRE

Isso basta para alguém se salvar?

BRANCA

Devia bastar, penso eu...

PADRE

(*Triunfante.*) Então seu avô, que continuou intimamente fiel à sua crença, conseguiu salvar-se! E todos os judeus e todos os mouros, fiéis à sua religião e aos seus deuses, estão salvos!

BRANCA

Como posso saber?!

PADRE

Você tem que saber! Porque o cristão sabe que só existe um Deus verdadeiro e não pode haver mais de um.

BRANCA

Eu sei, eu creio nisso firmemente. Não estava falando por mim, mas por meu avô.

VISITADOR

O que você acaba de insinuar, Branca, é uma grande heresia. Não deve repetir.

BRANCA

Sim, senhor.

PADRE

(Volta a um tom mais brando, mais humano.) Branca, seu pai costuma banhar-se às sextas-feiras?

BRANCA

Ora, senhores, sou uma moça e não fica bem estar observando quais os dias em que meu pai toma ou não toma banho.

PADRE

E você? Costuma banhar-se às sextas-feiras?

BRANCA

Costumo banhar-me todos os dias; acho que é assim que deve fazer uma pessoa asseada.

PADRE

Também às sextas-feiras?

BRANCA

E por que não?

PADRE

E tem por costume vestir roupa nova nesse dia, ou enfeitar-se com joias?

BRANCA

Não uso joias. A única que tenho é este anel que meu noivo me deu no dia em que me pediu em casamento. E nunca o tiro do dedo, nem mesmo quando tomo banho.

PADRE

Nem mesmo quando vai banhar-se no rio?

BRANCA

Nem assim.

PADRE

Que traje costuma usar quando vai banhar-se no rio?

BRANCA

O traje comum...

PADRE

(Interrompe.) Mas naquela noite você não estava com o traje comum. Estava nua.

NOTÁRIO

Nua!?
Reação dos Padres.

BRANCA

Eu já expliquei, Padre, foi uma noite somente e ninguém viu...

VISITADOR

Que foi que a levou a proceder assim, Branca?

BRANCA

O calor...

PADRE

Seu corpo queimava...

VISITADOR

Não ouviu alguma voz?

BRANCA

Como?...

VISITADOR

Uma voz incentivando-a a despir-se...

BRANCA

Não, senhor, não ouvi voz nenhuma. Em minha casa todos dormiam.

PADRE

O fato de não ter ouvido não quer dizer que não estivesse possuída pelo Demônio.

BRANCA

Pelo Demônio!

PADRE

Sim, o Demônio pode não falar, mas é ele quem a empurra para o rio e a obriga a despir-se!

NOTÁRIO

(Gravemente.) Há casos...

BRANCA

Padre, lembre-se de que eu mergulhei uma vez no rio para salvá-lo. Foi também o Diabo quem me empurrou?

PADRE

Já não sei se foi realmente para salvar-me...

BRANCA

Como, Padre?!

PADRE

Naquele dia também você estava quase nua!

BRANCA

Eu?!

PADRE

E me disse que devia ter salvado o cofre, em vez do crucifixo. Isso prova que era Satanás quem falava por você.

BRANCA

Não, Padre, não!

PADRE

(Chegando ao máximo da exacerbação.) Se não estava possuída pelo Demônio, por que aproveitou-se do meu desmaio para beijar-me na boca?!

VISITADOR

Jesus!

NOTÁRIO

Na boca! E seminua!

BRANCA

Fiz isso para que não sufocasse, para que não morresse!

PADRE

(Grita.) Cínica! Foi esse o pretexto que Satanás arranjou para o seu pecado!

Há um grande silêncio. Branca sente-se perdida e arrasada. Padre Bernardo, por sua vez, cai numa espécie de exaustão, como depois de um autoflagelo.

PADRE

(Sua voz desce a um tom de oração.) Branca, você está diante do Visitador do Santo Ofício. Ele tem autoridade para puni-la. Leve ou duramente — depende de você. Aproveite a misericórdia deste Tribunal, misericórdia que você não encontraria num tribunal civil.

BRANCA

Aproveitar, como?

PADRE

Da única maneira possível: declarando-se arrependida de todos os pecados que cometeu. Dos pecados mortais e veniais e dos pecados que bradam aos céus.

VISITADOR

Veja, Branca, que este é um Tribunal de clemência divina. Seu simples arrependimento, se sincero, poderá salvá-la. Qual o tribunal civil que absolve um criminoso por ele estar arrependido?

PADRE

(Vendo que ela está indecisa, quase numa súplica.) Branca...

BRANCA

(Sem muita firmeza.) Sim, eu estou arrependida. Mas o meu arrependimento terá valor, se não estou convencida de ter praticado esses pecados?

VISITADOR

E por não estar convencida disso seria capaz de praticá-los novamente?

BRANCA

Acho que sim.

PADRE

(Tem um gesto de desânimo.) Seria bom chamar Augusto Coutinho.

VISITADOR

(Alto, para fora.) Tragam Augusto Coutinho!
O Guarda sai e volta com Augusto. Está algemado e seu aspeto é deplorável. Foi torturado.

BRANCA

(Precipita-se para ele.) Augusto!

VISITADOR

(Enérgico.) Não, Branca! Afaste-se.
Ela obedece, afasta-se para um canto, enquanto o Guarda traz Augusto até o meio da cena, deixa-o diante dos inquisidores e volta ao seu posto.

NOTÁRIO

(Coloca as mãos algemadas de Augusto sobre os Evangelhos.) Jura sobre os Evangelhos dizer a verdade?

AUGUSTO

Juro.
O Notário volta ao seu lugar.

VISITADOR

Augusto Coutinho, sabe que está ameaçado de excomunhão?

AUGUSTO

Sei.

VISITADOR

Como cristão, isso não o apavora?

AUGUSTO

Apavora mais não ter a fibra dos primeiros cristãos.

VISITADOR

Para que desejaria ter a fibra dos primeiros cristãos?

AUGUSTO

Para resistir às torturas.

VISITADOR

Ordenei a tortura pela sua obstinação em esconder a verdade.

AUGUSTO

E vão acabar obtendo de mim a mentira. Isto é o que me apavora, mais do que a excomunhão.

VISITADOR

(Ao Guarda.) Durante quanto tempo o torturaram?

GUARDA

(Adianta um passo.) Quinze minutos.

VISITADOR

Lembre-se de que o limite máximo permitido pelas normas do processo é uma hora.

GUARDA

Paramos porque ele desmaiou.

VISITADOR

(Severo.) Não deviam ter chegado a tanto. A finalidade da tortura é apenas obter a verdade. Tenho recomendações muito enérgicas do Inquisidor-mor para evitar os excessos.

GUARDA

Mas a culpa foi dele, senhor. Ele assinou a declaração.

NOTÁRIO

É verdade, antes de ter início a tortura, ele assinou a declaração de praxe. Tenho-a aqui. *(Mostra um papel, que lê, depois de engrolar algumas palavras.)* "(...) e declaro que se nestes tormentos morrer, quebrar algum membro, perder algum sentido, a culpa será toda minha e não dos senhores inquisidores. Assinado: Augusto Coutinho."

GUARDA

Já veem os senhores que a culpa é toda dele. *(Volta ao seu posto.)*

VISITADOR

Aquilo que não foi obtido por meio de torturas, talvez o simples bom senso obtenha.

PADRE

É a minha esperança. *(Para Augusto.)* Conhece essa moça, Augusto?

AUGUSTO

O senhor sabe que sim. É minha noiva e já seria minha esposa se... se tudo isso não tivesse acontecido.

PADRE

Pois ela ainda poderá ser sua esposa, se você nos ajudar a salvá-la.

AUGUSTO

Eu faria tudo para isso.

PADRE

Então, salve-a. Diga a verdade. Ainda que possa parecer o contrário, a única maneira de ajudá-la é fazê-la reconhecer os próprios erros e arrepender-se.

AUGUSTO

Mas que espécie de verdade querem que eu diga? Que a vi nua, banhando-se no rio? Que a vi invocando os diabos na boca dos formigueiros? Para salvá-la é então preciso lançar calúnias e infâmias contra ela? E quem me garante que não se aproveitarão disso justamente para condená-la? Não, podem arrancar-me um braço, uma perna, mas não me arrancarão uma palavra que não seja verdadeira.

BRANCA

(Grita.) Não, Augusto, não! Se o torturarem muito, pode dizer o que eles quiserem! Não quero que sofra por minha causa!

VISITADOR

(Num gesto enérgico para que ela se cale.) Chiiii!

PADRE

(Mostra a Bíblia apreendida.) E este livro é também calúnia?

AUGUSTO

Este livro é uma Bíblia e fui eu quem lhe deu de presente.

PADRE

Uma Bíblia em português. Não sabia que estava lhe dando um livro proibido pela Igreja?

AUGUSTO

Para mim a Bíblia é a Bíblia, em qualquer língua.

VISITADOR

O que está afirmando é uma grave heresia.

PADRE

Não se arrepende de tê-la arrastado a essa heresia?

AUGUSTO

Não. Não me arrependo porque assim a fiz conhecer a sabedoria e a beleza dos Evangelhos.

PADRE

Rebela-se então contra uma determinação da Igreja?

AUGUSTO

Não me parece que seja uma determinação da Igreja, mas de alguns prelados, que não são infalíveis.

PADRE

É uma determinação do Papa.

VISITADOR

(Incisivo.) Nega, por acaso, a autoridade do Papa?

AUGUSTO

Não, não nego.

VISITADOR

Nega a autoridade da Igreja?

AUGUSTO

Não, não nego.

VISITADOR

Acredita na justiça e na misericórdia do Tribunal do Santo Ofício?

AUGUSTO

(Tem uma leve hesitação.) Acredito na justiça e na misericórdia de Deus.

VISITADOR

(Já um pouco irritado.) Nega que o Santo Ofício seja justo e misericordioso?

AUGUSTO

Afirmo que Deus é justo e misericordioso.

VISITADOR

(Não pode conter um gesto de irritação.) Acho que devemos encerrar aqui esta parte do interrogatório.
O Padre Bernardo assente com a cabeça.

VISITADOR

Podem levá-lo.
O Guarda avança para levar Augusto.

BRANCA

Senhores, eu queria fazer um pedido, confiando na misericórdia do Tribunal.

VISITADOR

Faça.

BRANCA

Antes que nos separem novamente, podíamos conversar durante alguns minutos?

PADRE

Os regulamentos não permitem. As normas do processo…

VISITADOR

(Interrompe, conciliador.) Não acho que devamos ser assim tão rigorosos. Não vejo inconveniente em que eles fiquem juntos por alguns momentos e conversem.

PADRE

(Evidentemente contrariado.) Perdoe-me a interferência; é Vossa Reverendíssima quem decide.

VISITADOR

(Ao Guarda.) Pode deixá-los um instante. *(Levanta-se e sai, seguido do Padre Bernardo, do Notário, do Guarda e dos outros Padres.)*

Augusto senta-se no chão, esgotado. Branca senta-se a seu lado.

BRANCA

(Após alguns segundos de hesitação, ela se lança nos braços dele, que a beija nos cabelos.) Meus cabelos ainda cheiram a capim molhado?

AUGUSTO

(Aspira.) Não.

BRANCA

Que perfume têm agora?

AUGUSTO

Nenhum. Parecem um manto. Cheiram a pano.

BRANCA

(Muito triste.) Pano... E você gostava de beijá-los e aspirar o seu perfume.

AUGUSTO

Talvez a culpa seja minha, que já estou incapaz de sentir.

BRANCA

Que fizeram com você?

AUGUSTO

Deitaram-me numa cama de ripas e me amarraram com cordas, pelos pulsos e pelas pernas. Apertavam as cordas, pouco a pouco, parando a circulação e cortando a carne. *(Ele lhe mostra os punhos, ela os sopra e beija.)* E faziam perguntas, perguntas, e mais perguntas. As mais absurdas. As mais idiotas.

BRANCA

Como você deve ter sofrido!

AUGUSTO

A dor física não é tanta; dói mais o aviltamento. Vamos nos sentindo cada vez menores, num mundo cada vez menor.

BRANCA

É mesmo, o mundo se fecha cada vez mais sobre nós. E por quê? Que fizemos? Que é que eles querem de você? Que me acuse?

AUGUSTO

Querem fazer de mim o que fizeram de seu pai.

BRANCA

Meu pai, que fizeram com ele?

AUGUSTO

Um trapo.

BRANCA

Onde ele está?

AUGUSTO

Na minha cela.

BRANCA

Também o torturaram?

AUGUSTO

Não foi preciso. O que fizeram comigo foi suficiente.

BRANCA

E tudo isso... é por minha causa. Vocês estão pagando pelos meus erros.

AUGUSTO

Quais são os seus erros, Branca?

BRANCA

(Angustiada.) Não sei... Devo ter cometido alguns, sim. Mas eles me acusam de tanta coisa. E parecem tão certos da minha culpa. Talvez o meu erro maior seja não entender. Ou quem sabe *se não quero entender*?

AUGUSTO

A mim eles não conseguiram e não conseguirão jamais convencer de que você não é a criatura mais pura que já nasceu. Ainda que tenha cometido erros, ainda que tenha feito confusões, ainda que tenha pecado.

BRANCA

Você diz isso porque me ama. Nós não podemos ver as nossas imperfeições, porque estamos um dentro do outro. Mas eles, eles nos olham de fora e de cima. Eles sabem que eu não sou assim. E é egoísmo da minha parte permitir que você e papai sofram o que estão sofrendo, quando bastaria concordar com tudo, reconhecer todos os pecados, mesmo aqueles que fogem ao meu entendimento, e cumprir a pena que me for imposta.

AUGUSTO

Não, Branca, não.

BRANCA

(Está de pé, muito excitada.) Era o que eu já devia ter feito. Assino em branco que reconheço todas as culpas de que me acusam ou venham a acusar-me e pronto. Assim, talvez devolvam a vocês a liberdade e a mim a luz do sol! *(Sobe ao plano superior e grita.)* Guarda! Guarda!

AUGUSTO

Branca, por Deus, não faça isso! Por que terei então resistido a todas as torturas? Para quê?

BRANCA

Mas eu não quero que você sofra!

AUGUSTO

Mas alguém tem de sofrer!

BRANCA

Não por minha causa.

AUGUSTO

Por uma causa qualquer, grande ou pequena, alguém tem que sofrer. Porque nem de tudo se pode abrir mão. Há um mínimo de dignidade que o homem não pode negociar, nem mesmo em troca da liberdade. Nem mesmo em troca do sol.

BRANCA

Nem mesmo em troca do sol.

GUARDA

(Entra.) Que foi? Alguém chamou?

BRANCA

(Hesita ainda um instante.) Não, ninguém chamou.

GUARDA

É, mas o tempo já está esgotado. Era só um instante.

BRANCA

(Toma as mãos de Augusto e beija-as. Há nesse gesto gratidão, amor e admiração.) Será que isto vai durar eternamente?

AUGUSTO

Não creio. É demasiado cruel e demasiado idiota para durar.
Augusto e o Guarda iniciam a saída. O Guarda para e volta-se para Branca.

GUARDA

Não fui eu que botei ele no potro.

BRANCA

Potro?

GUARDA

Na cama com ripas. Só levei ele até lá e fiquei olhando. Sou obrigado. *(Sai com Augusto.)*

BRANCA

Todos são obrigados. Obrigados a denunciar, a prender, a torturar, a punir, a matar. Mas obrigados por quem?
Muda a luz.

PADRE

(Entra.) É você, Branca, você quem nos obriga a proceder assim.

BRANCA

Eu?

PADRE

A tentação que está em você, o pecado que está em você, a obstinação demoníaca que está em você.

BRANCA

Que será de mim, então, Padre, se sou portadora de tanto veneno?

PADRE

É nosso dever exterminar todas as venenosas plantas da vinha do Senhor, até as últimas raízes.

BRANCA

Exterminar?!

PADRE

É um penoso dever que nos foi imposto. A ele não podemos fugir. Sob a pena de deitar a perder toda a vinha.

BRANCA

Como? Além do mais, temem os senhores que eu contamine outras pessoas?

PADRE

Você já contaminou outras pessoas.

BRANCA

Eu, Padre? Quem? Augusto?

PADRE

E continuará contaminando muitas outras, porque basta aproximar-se de você para cair em pecado.

BRANCA

Padre, muitas pessoas se aproximam de mim sem que eu tenha sobre elas a menor influência. O senhor mesmo já foi várias vezes à minha casa, fez-se meu confessor e meu amigo...

PADRE

Eu sei o quanto isso me custou!

BRANCA

(Surpresa.) Padre!

PADRE

(Arrepende-se.) Não devemos falar nesse assunto.

BRANCA

Que assunto, Padre? Eu lhe fiz algum mal? É preciso que me diga, pois assim talvez eu compreenda alguma coisa.

PADRE

Veja... *(Mostra os lábios descarnados.)*

BRANCA

Que foi isso? Seus lábios descarnados...

PADRE

Queimei-os com água fervendo. Os lábios, a língua, o céu da boca, para destruir o sentido do gosto.

BRANCA

E por que fez isso?!

PADRE

Para eliminar o gosto impuro dos seus lábios. Mas o gosto persiste. Persiste. *(Cai de joelhos, com o rosto entre as mãos.)*

BRANCA

Eu... sinto muito. Acho que não devia mesmo ter feito o que fiz.

PADRE

(Ainda com o rosto entre as mãos, dobrado sobre si mesmo.) Chego a ter alucinações.

BRANCA

Se soubesse que ia lhe fazer tanto mal...

PADRE

Antes de você aparecer, eu vivia em paz com Jesus.

BRANCA

Eu também, antes de conhecê-lo, vivia na mais absoluta paz com Deus.

PADRE

É possível que eu esteja sendo submetido a uma prova. E faz parte dessa prova o ter que julgá-la e puni-la.

BRANCA

Agora já não sei de mais nada. Os senhores lançaram a dúvida e a confusão no meu espírito e eu já nem tenho coragem de pedir a Deus que me esclareça. Cada gesto meu, mesmo o mais ingênuo, parece carregado de maldade e destruição.

PADRE

Se é uma provação, que seja bem rigorosa, para demonstrar a minha fidelidade e o meu amor ao Cristo. Que todos os suplícios me sejam impostos, à minha alma e à minha carne.

BRANCA

E o pior é que já não conto com mais ninguém. *(Sente, pela primeira vez, em toda a sua terrível realidade, que está só e perdida. E que nada modificará o seu destino.)*

PADRE

(Mãos postas e vergado sobre si mesmo com os lábios quase tocando o solo, reza um ato de contrição.) Senhor meu Jesus Cristo, Deus e homem verdadeiro, Criador e Redentor meu, por serdes Vós quem sois sumamente bom e digno de ser amado sobre todas as coisas; e porque Vos amo e estimo, pesa-me, Senhor, de todo o meu coração, de Vos ter ofendido; pesa-me também por ter perdido o céu e merecido o inferno; e proponho firmemente, ajudado com os auxílios de Vossa divina graça, emendar-me e nunca mais Vos tornar a ofender. Espero alcançar o perdão de minhas culpas pela Vossa infinita misericórdia. Amém. *(Sente-se mais aliviado, levanta-se e, pela primeira vez, nesta cena, pousa os olhos em Branca. Um olhar já tranquilo e de imensa piedade.)* Mandaram-me visitá-la pela última vez.

BRANCA

Pela última vez?

PADRE

Sim, para lhe oferecer a última oportunidade de arrependimento e perdão.

BRANCA

E se eu recusar?

PADRE

Só nos restará o relaxamento ao braço secular.

BRANCA

O que é isso?

PADRE

Isso quer dizer que você será entregue à justiça secular, que a julgará por crime comum. E certamente a condenará.

BRANCA

À prisão?

PADRE

Não, o braço secular é sempre mais severo.

BRANCA

(Apavora-se.) À fogueira?!

PADRE

É bom que você saiba o perigo que corre.

BRANCA

(Cai em pânico.) Não! Não podem fazer isso comigo! Eu não mereço! É uma maldade! E o senhor que tudo prometeu fazer para salvar-me.

PADRE

Já nada mais posso fazer por você, Branca. E desde o princípio seu destino dependeu sempre de você mesma. Você escolherá.

BRANCA

Mas que posso escolher? É claro que não quero ser queimada viva!

PADRE

Está disposta a arrepender-se?

BRANCA

Estou disposta a tudo. Entrego-me em suas mãos e nas mãos do Santo Ofício.

PADRE

Entrega-se sinceramente arrependida, Branca?

BRANCA

Que importa? Os senhores venceram. Vá, diga ao Visitador que reconheço os meus pecados e que estou disposta a arrepender-me e cumprir a penitência que me for imposta.

PADRE

Você não está sendo levada somente pelo desespero e pelo medo?

BRANCA

E desde o princípio, não foi ao desespero e ao medo que tentaram levar-me?

PADRE

Não, Branca. Tentamos levá-la a um reencontro com a verdadeira fé cristã. Não usamos a força contra você; tentamos convencê-la pela persuasão.

BRANCA

Sim, uma bonita persuasão! Prendem-me entre quatro paredes, sem luz e sem ar, e ameaçam-me com a fogueira! Prendem meu pai e torturam meu noivo — são bonitos métodos de persuasão.

PADRE

Sua arrogância mostra que o Demônio ainda não a abandonou. *(Inicia a saída.)*

BRANCA

Padre! Espere! *(Corre até ele e arroja-se aos seus pés.)* Perdoe-me! Não sei o que estou dizendo. A verdade é que preciso de sua piedade. Aqui me tem, Padre, humilde e humilhada, sinceramente arrependida de tudo, de tudo que decidirem que devo arrepender-me.

PADRE

(Pousa a mão sobre a cabeça dela, num gesto de piedade e amor, depois a retira rapidamente.) Vou transmitir sua decisão ao Visitador. *(Sai)*
Branca fica ainda um tempo estendida no chão. Muda a luz. Entra Simão.

SIMÃO

Branca! *(Ele traz, pregada à roupa, no peito e nas costas, uma grande cruz de pano amarelo.)*

BRANCA

Pai!

SIMÃO

(Corre a abraçá-la.) Filhinha! Eles a maltrataram?

BRANCA

Não muito. E o senhor, está bem?

SIMÃO

Estou vivo, pelo menos. E é isso que importa, não acha?

BRANCA

Sim, é o principal.

SIMÃO

É uma loucura pensar que, num momento desses, se possa salvar alguma coisa além da vida. Desde o primeiro momento compreendi que devia aceitar tudo, confessar tudo, declarar-me arrependido de tudo. Vamos nós discutir com eles, lutar contra eles? Tolice. Têm a força, a lei, Deus e a milícia — tudo do lado deles. Que podemos nós fazer? De que adianta alegar inocência, protestar contra uma injustiça? Eles provam o que quiserem contra nós e nós não conseguiremos provar nada em nossa defesa. Bravatas? Também não adiantam. Eu vi o que aconteceu com Augusto.

BRANCA

O senhor o viu ser torturado?

SIMÃO

Vi. As duas vezes.

BRANCA

Duas vezes? Então o torturaram novamente!

SIMÃO

Ele fez mal em não falar.

BRANCA

Mas queriam que ele me denunciasse. Que me acusasse de coisas terríveis e absolutamente falsas!

SIMÃO

Que importa que sejam falsas? Se você e ele confessassem, salvariam a pele!

BRANCA

Augusto acha que é preciso defender um mínimo de dignidade.

SIMÃO

Em primeiro lugar, o homem tem a obrigação de sobreviver, a qualquer preço; depois é que vem a dignidade. De que vale agora para nós, para os pais dele, para você, para ele mesmo, essa dignidade?

BRANCA

Como? *(Ela percebe.)* Que fizeram com Augusto?

SIMÃO

(Faz uma pausa. As palavras custam a sair.) Ele não resistiu...

BRANCA

(Num sussurro.) Morreu! *(Mais forte.)* Eles o mataram!
(Seus joelhos vergam, repete baixinho.) Eles o mataram... Eles o mataram...

SIMÃO

Eu sabia que ele não ia resistir. Estava vendo!... Depois de tudo, ainda o penduraram no teto com pesos nos pés e o deixaram lá... Quando os Guardas voltaram, ainda tentaram reanimá-lo, mas...

BRANCA

(Sua dor se traduz por um imenso silêncio. Subitamente:) E o senhor não podia ter feito nada?!

SIMÃO

Eu?...

BRANCA

Sim, por que não gritou, não chamou alguém?

SIMÃO

Pensei em baixar a corda. Mas...

BRANCA

Pois então...

SIMÃO

Eles têm leis muito severas para aqueles que ajudam os hereges. Eu já estava com a minha situação resolvida, ia ser posto em liberdade...

BRANCA

Bastava um gesto...

SIMÃO

E o que me custaria esse gesto? Um homem deve pesar bem suas atitudes, e não agir ao primeiro impulso. Eu podia ter tido o mesmo destino que ele. Era ou não muito pior?

BRANCA

Não sei se seria pior...

SIMÃO

Você preferiria que eu morresse também, que tivéssemos todos os nossos bens confiscados ou que fôssemos punidos com uma declaração de injúria até a terceira geração? Se nada disso aconteceu, foi porque eu agi com inteligência e bom senso.

BRANCA

E agora, como é que o senhor vai conseguir viver, depois disso?

SIMÃO

Não entendo o que você quer dizer...

BRANCA

Augusto morreu porque o senhor não foi capaz de levantar um dedo em sua defesa.

SIMÃO

Não foi bem assim...

BRANCA

Porque o senhor não quis se comprometer.

SIMÃO

Não foi por isso que ele morreu.

BRANCA

Teria resistido, se a tortura tivesse sido abreviada.

SIMÃO

Sim, mas...

BRANCA

Para isso teria bastado que o senhor baixasse a corda.

SIMÃO

Eu já lhe expliquei...

BRANCA

(*Grita*.) E o senhor não foi capaz! O senhor não foi capaz!

SIMÃO

Minha filha, eu compreendo o seu sofrimento. Eu também sinto muito. Mas não é justo que você se volte agora contra mim. Não fui eu quem matou Augusto. Foram eles. Os carrascos, a Inquisição.

BRANCA

O senhor também o matou. E o que mais me horroriza é que o senhor é um homem decente.

SIMÃO

Branca, você não sabe o que está dizendo!

BRANCA

O senhor é tão culpado quanto eles.

SIMÃO

Não, ninguém pode ser culpado de um ato para o qual não contribuiu de forma alguma.

BRANCA

O senhor contribuiu.

SIMÃO

Não matei, não executei, não participei de nada!

BRANCA

Silenciou.

SIMÃO

Também por sua causa. Por nossa causa. Era um preço que teríamos de pagar.

BRANCA

Preço de quê?

SIMÃO

É uma ilusão imaginar que poderíamos sair daqui, todos, sem que nada nos tivesse acontecido. Alguém teria de ser atingido mais duramente.

BRANCA

E o senhor acha que só ele o foi.

SIMÃO

Digo diretamente.

BRANCA

E imagina que com isso matou a sede de violência, resgatou a nossa quota.

SIMÃO

De certo modo, acho que sim. Devo apenas levar esta cruz na roupa durante um ano. É humilhante, mas ainda é uma sorte. Se você abjurar, pode ser que lhe deem pena semelhante e estaremos livres.

BRANCA

Se eu abjurar... o senhor quer que eu também seja cúmplice.

SIMÃO

Cúmplice de quê?

BRANCA

Da morte de Augusto.

SIMÃO

Absurdo! Você não tem nada com isso!

BRANCA

Tenho. Todos nós temos. Quem cala colabora.

SIMÃO

Não tem sentido o que você está dizendo! Não é possível que você não entenda que está perdida se não ceder ao que eles querem, se não confessar e abjurar tudo.

BRANCA

Há um mínimo de dignidade que o homem não pode negociar, nem mesmo em troca de liberdade. Nem mesmo em troca do sol.

SIMÃO

(Olha a filha horrorizado.) Que Deus se compadeça de você!
O Guarda entra e arrasta Simão.
Muda a luz. O Visitador, o Notário e o Padre Bernardo entram com os Padres.

VISITADOR

Branca, vamos, mais uma vez, dar provas de nossa tolerância. Vamos permitir que permaneça de pé enquanto o senhor Notário lê o ato de abjuração que você deverá assinar.
O Notário toma posição, desenrola um papel.

BRANCA

É inútil, senhores. Não vou abjurar coisa alguma. O que quero, o que espero dos senhores, é minha absolvição.
Reação dos Padres.

VISITADOR

(Indignado.) Como?! Ela não ia abjurar?

PADRE

Ia, prometeu...

NOTÁRIO

Essa agora!

VISITADOR

Branca, você não se disse disposta a abjurar?

BRANCA

Disse, num momento de fraqueza. Mas não posso reconhecer uma culpa que sinceramente não julgo ter. Se sou inocente, se nada podem provar contra mim, o que devo suplicar a este Tribunal é que reconheça a minha inocência.

PADRE

Pela última vez, Branca...

VISITADOR

(Interrompe.) Não adianta, Padre, o senhor nada conseguirá dela.

PADRE

Eu lhe suplico, senhor Visitador, apelo para sua imensa misericórdia, dê-lhe uma última oportunidade.

VISITADOR

Já lhe demos todas. Acho que nos iludimos com ela desde o princípio. Sua obstinação e sua arrogância provam que tem absoluta consciência de seus atos. Não se trata de uma provinciana ingênua e desorientada; tem instrução, sabe ler e suas leituras mostram que seu espírito está minado por ideias exóticas. Declara-se ainda inocente porque quer impor-nos a sua heresia, como todos os de sua raça. Como todos os que pretendem enfraquecer a religião e a sociedade pela subversão e pela anarquia.

BRANCA

Mas, senhores, eu não pretendi nada disso! Nunca pensei senão em viver conforme minha natureza e o meu entendimento, amando a Deus à minha maneira; nunca quis destruir nada, nem fazer mal algum a ninguém!

VISITADOR

(Corta-lhe a palavra com um gesto.) Seu caso já não é conosco, Branca. O Tribunal eclesiástico termina aqui a sua tarefa. O braço secular se encarregará do resto.

BRANCA

(Receosa.) Que resto, senhor?

VISITADOR

O poder civil, a quem cabe defender a sociedade e o Estado, vai julgá-la segundo as leis civis. Nós lamentamos ter de declará-la separada da Igreja e relaxada ao braço secular. Deus e todos vós sois testemunhas de que tudo fizemos para que isto não acontecesse. Procedemos a um longo e minucioso inquérito, em que todas as acusações foram examinadas à luz da verdade, da justiça e do direito canônico. À acusada foram oferecidas todas as oportunidades de defesa e de arrependimento. Dia após dia, noite após noite, estivemos aqui lutando para arrancar essa pobre alma às garras do Demônio. Mas fomos derrotados. Desgraçadamente. *(Sai, seguido do Notário e dos Padres.)*

BRANCA

Os senhores foram derrotados... E eu?

PADRE

Você, Branca, vai amargar a sua vitória.

BRANCA

Eu sei. E sei também que não sou a primeira. E nem serei a última.

Os Guardas entram e amarram-na pelos pulsos e pelo pescoço com cordas e baraço, e a arrastam assim por uma rampa para o plano superior, onde surgem os reflexos avermelhados da fogueira.

Padre Bernardo, no plano inferior, a vê, angustiado, contorcer-se entre as chamas. Contorce-se também, como se sentisse na própria carne.

Um clamor uníssono, a princípio de uma ou duas vozes, às quais vão se juntando, uma a uma, as vozes de todos os atores, em crescendo, até atingirem o limite máximo, quando cessam de súbito.

PADRE

(Caindo de joelhos.) Finalmente, Senhor, finalmente posso aspirar ao Vosso perdão!

Impresso no Brasil pelo
Sistema Digital Instant Duplex da Divisão Gráfica da
DISTRIBUIDORA RECORD DE SERVIÇOS DE IMPRENSA S.A
Rua Argentina 171 - Rio de Janeiro, RJ - 20921-380 - Tel.: 2585-2000